Anaïs Sautier

MARSEILLE BÉBÉ

bayard

CHAPITRE 1

Seul(e) avec du monde autour
Orelsan

Louisa – Fin avril

Le mistral fait claquer les volets de ma chambre. Je dis « mistral » mais c'est peut-être un autre vent. Ici, à Marseille, il en existe plein. La tramontane, le ponant, le sirocco. Mais mon préféré, c'est le mistral.

À genoux sur mon lit, je colle mon front à la fenêtre. Entre les lattes des volets, les arbres de la cour remuent. Le ciel est noir. À mon réveil, il est 5 heures 45. C'est foutu, je ne pourrai pas me rendormir. Dès que mes yeux s'ouvrent, je commence à chelouter.

Chelouter, c'est mon truc. Ça veut dire « réfléchir dans tous les sens ». Et stresser sur tout, souvent et beaucoup. Pour ceux et celles qui ne connaissent pas : c'est fatigant. Mais depuis un mois, depuis le confinement, je cheloute moins. Évidemment j'angoisse toujours un peu, mais beaucoup moins que quand je dois aller en cours.

Ça fait quatre semaines qu'on est enfermés chez nous. Officiellement, on ne peut sortir qu'une seule fois dans la journée (maximum 15 minutes entre 8 heures du matin et 7 heures du soir). Quand je dis « on », je parle de tout le monde. Du plus gros « on » qu'on puisse imaginer : la France, ses voisins et les voisins de ses voisins. Le monde entier, quoi.

La raison de ce foutoir, c'est un virus qui s'attaque aux bronches des humains. Un virus qui se propage aussi rapidement que l'encre sur le sopalin. Il vise les anciens et les asthmatiques. Les autres, comme moi, ma sœur, ma mère et Nada, pas vraiment. Mais on doit rester enfermées parce que c'est la loi.

Moi, j'ai 15 ans, des poumons quasi neufs et j'adore la solitude, donc ça va.

Depuis que le confinement (c'est le nom que le Président lui a donné) a été décrété, j'ai la vie que je mérite : cours en visioconférence sur une tablette prêtée par le collège, soirées crêpes, Insta et TikTok à la demande. Finies les crises d'angoisse, finie la gorge serrée, fini le collège.

Ni ma mère ni ma sœur ne seront levées avant deux bonnes heures. Avec Dina, c'est tous les jours la même rengaine. Elle est réglée comme une horloge suisse. Elle braille à 8 heures pour qu'on la sorte de son lit parce qu'elle a faim.

Même si on n'a pas le droit de sortir la nuit sous peine d'amende, moi, je vais aller courir. En temps normal, je ne fais pas ce genre de trucs (sortir la nuit + faire du jogging). Parce que je déteste me faire remarquer, et les gens qui courent se font beaucoup regarder. Surtout par les mecs. Par-dessus le marché, Nada, ma meilleure pote, trouve que c'est un truc de riche de courir. Elle dit qu'aller se faire souffrir alors que ce n'est pas obligatoire est un pur truc de riche.

(Je ne sais pas si je suis d'accord avec elle, mais je sais que je déteste qu'elle me prenne la tête avec ses débats pourris sur les riches et les pauvres, les Blancs et les Noirs.)

Mais, là, tout est différent. Depuis le virus mondial, Marseille est dans le coma jusqu'à 8 heures du matin. Pas d'adultes, pas d'enfants, pas de police dehors. Personne ne saura ce que je fais.

Au début, je ne savais même pas comment m'y prendre pour faire un jogging. En fait, courir seule, c'est comme danser seule, il suffit de laisser ses jambes avancer et de donner le tempo avec les bras. Je le fais tous les matins et j'adore ça.

J'enfile ma brassière de sport. Elle est trop petite et ça me déprime. Pour oublier mes seins qui n'en finissent pas de grossir, je passe vite un tee-shirt, mon legging, puis mes chaussettes et mes chaussures.

Je referme doucement la porte de l'appartement.

Dehors, le ciel commence à éclaircir. J'ai encore une heure avant le lever du soleil. Et deux heures avant le début des patrouilles de flics. En attendant, je vais rester dans le presque noir, tranquille et seule.

J'enfonce mes écouteurs dans les oreilles. Je choisis un morceau du dernier album d'Orelsan. Le seul de lui que j'aime : « Seul avec du monde autour. » Le flow se lance pendant que je descends ma rue en courant.

Faut croire que la vie est belle,
J'vais pas t'cacher que la vie est belle
Seul avec du monde autour

Je cours à toute vitesse jusqu'à la corniche.

La corniche, en tout cas à Marseille, c'est la dernière rue avant la mer. C'est là que, d'habitude, les gens font des footings. D'ici, on voit la Méditerranée. Comme on est en pleine ville, l'eau est blindée de pontons, de petits bateaux et de gros cargos qui partent pour la Corse ou l'Algérie. On ne peut pas se baigner parce que les bateaux rejettent de l'huile polluante. Il y a des tonnes de flaques couleur pétrole. Franchement, ça ne se fait pas.

Si on veut se baigner dans une eau correcte, il faut aller plus loin.

Après douze minutes, j'atteins la grande montée qui mène à la plage. Le but est proche, mais il faut puiser dans les orteils pour se propulser jusqu'en haut. Mon souffle est raccourci. Je sens l'air se figer dans ma gorge, tout mon corps est concentré.

Au bout de la côte, la mer apparaît tout entière. Une mer sauvage, sans bateau, sans ponton, sans usines.

Et en contrebas, une petite crique de cailloux et de sable : la plage de la Lave.

Quelques lampadaires plantés le long de la route amènent un peu de lumière. Les vagues meurent sur le sable et repartent dans un bruit de tempête.

Il paraît que l'océan Atlantique est plus dangereux encore. Apparemment, ses vagues sont des rouleaux mortels. C'est Nada qui m'a dit ça. Sa famille vient d'Agadir, une station balnéaire marocaine au bord de l'océan. Moi, je ne connais que la Méditerranée. Et je l'adore, cette mer, elle apaise tout le chelou.

Cinq minutes et trente-neuf marches plus tard, je me jette à l'eau en sous-vêtements. D'un coup bien net. Pas besoin de tester la température avec le pied. Quand le mistral se lève, elle est toujours gelée.

Je nage jusqu'à une grosse balise qui flotte. Elle est jaune et lisse. C'est toujours à ce niveau-là que je m'arrête. Je ne nage pas assez bien pour pousser plus loin. Je mets mes bras autour pour reprendre mon souffle. Je n'arrive pas à empêcher mes dents de claquer. Sans soleil, ça caille.

Un petit courant d'eau plus chaude me passe entre les jambes.

C'est agréable, ça chatouille.

Qu'est-ce que c'est ? Une vague qui accouche ? Un poisson qui pisse ?

Dans ma tête, j'ai plein de questions et personne ne pourra jamais y répondre (même si je les posais, personne n'aurait la réponse).

Par exemple, que se passerait-il si je restais là, agrippée à ma balise. Est-ce que je fondrais comme un sucre dans l'eau? Est-ce que je finirais par flotter?

– Putain, comment t'es chelou! je hurle.

La chelouterie est un sport de combat. Il faut parler fort pour l'impressionner et bouger vite pour la semer. Je repars en brasse coulée, la meilleure nage pour réguler le souffle. Un coup la tête dans l'eau, un coup la tête hors de l'eau.

Revenue sur la plage, je me rhabille en speed. Je dois être rentrée avant le lever du jour. Le ciel commence à changer. Le noir s'illumine comme si des milliards de petites lampes torches le pointaient. C'est beau, je prends de l'élan dans la descente. C'est bizarre que le retour soit toujours plus rapide que l'aller. Quand j'arrive chez moi, le ciel est rose clair. Il va faire beau aujourd'hui. Il fait toujours beau ici.

Ici, c'est le Sud. Ici, c'est Marseille, bébé.

Je pousse doucement la porte d'entrée. Mauvaise nouvelle, ma mère est assise à la table de la cuisine. La voir comme ça, la tête entre les mains, ça me file mal au bide.

Parce que ça va être la crise, la méga crise même. Mon cœur tambourine comme un putain d'abruti.

Ça couine dans ma tête, j'entends des bruits. Impossible de me concentrer pour inventer un beau mytho bien crédible. J'ai mal au cœur comme si j'avais envoyé des textos dans le bus mais pas dans le sens de la marche.

– Je peux savoir ce que tu fous dehors en plein milieu de la nuit, Louisa ?

– C'est pas le milieu de la nuit.

C'est vrai, il est sept heures du matin, c'est écrit sur le micro-ondes.

Sur le micro-ondes, maman a collé une photo d'Elvis, ce chanteur américain mort qu'elle adore. Ça lui fait du bien de le voir le matin. Il a son sourire de millionnaire genre « tout ira bien, baby ».

Mais moi, je ne le crois pas.

Parce qu'il est collé au micro-ondes depuis ma naissance et qu'on a toujours eu pas mal de soucis.

– Tu fricotais avec qui ?

« Fricoter », je déteste ce mot.

– Personne.

– Ne te fous pas de moi, s'il te plaît !

Ma mère est tombée enceinte très jeune et sans le faire exprès. Sa hantise, c'est de devenir grand-mère à 33 ans. Si elle pouvait me faire porter une ceinture de chasteté, elle le ferait sans cligner de l'œil. Mais je suis sage. Beaucoup plus que ce qu'elle croit.

Je n'ai jamais embrassé personne. Jamais envoyé une photo de moi à personne sur Snap, même si plusieurs débiles mentaux de ma classe ont essayé de m'en voler une (les gros seins, ça rend fou).

– Je suis allée courir. Je pue la sueur et j'ai les cheveux trempés, si tu veux vérifier.

Elle me fixe comme si elle pouvait me renifler avec ses yeux.

– T'es allée courir avec ces godasses ?

Aux pieds, je porte les Air Max+ que j'ai eues pour mes 15 ans. D'occasion mais TBE, très bon état. Je les aime d'amour. Elles sont rose et orange avec une petite bande léopard près de la bulle d'air.

– Ouais.

– Mais elles ne sont pas prévues pour. Putain, Loulou, mais qu'est-ce que je t'ai fait ? me demande ma mère.

– C'est quoi, le rapport avec toi ?

– En temps normal, c'est la croix et la bannière pour te faire sortir de la maison, et tu attends que ce soit interdit pour aller te balader ? T'es malade ou quoi ?

Elle regrette instant' ce qu'elle vient de dire. Le haut de ses oreilles cramoisit. En vrai, personne ne sait si je suis malade ou pas. Pas malade d'un virus qui file de la fièvre ou des boutons, mais malade de la chelouterie qui détraque la réalité.

Ma chelouterie me force à imaginer ma future vie dans sa pire version. La pire forme, ce serait de perdre Nada, de rater mon bac, d'être acceptée nulle part sur Parcoursup, de ne pas avoir une thune et de devenir vendeuse en parfumerie comme ma mère. Je déteste l'odeur de l'endroit où elle bosse.

Toutes ces odeurs mélangées me font chelouter dès que je mets un pied au magasin.

Penser trop souvent aux pires choses qui pourraient arriver, c'est ce que l'infirmière scolaire appelle des « troubles anxieux ». Avant le confinement, je faisais souvent des crises d'angoisse au collège et je finissais régulièrement à l'infirmerie.

Ça arrive quand le cœur bat tellement fort qu'on n'entend plus sa tête penser.

Ça a commencé en quatrième et seule Nada a été au courant. Et puis cette année (mon année de troisième), l'infirmière s'est inquiétée parce que je revenais trop souvent.

Elle a convoqué ma mère pour parler de ma « situation ». J'ai dû répondre à des tas de questions sur ce qui se passe dans ma tête et c'est là qu'elle a annoncé que je souffrais peut-être de troubles anxieux.

Apparemment, je ne suis pas la seule dans ce cas au collège.

Pour elle, ce n'est pas un hasard si les crises se passent au collège. Je ne suis pas très bonne élève. Hormis en maths et en physique, je comprends à peu près tout, mais, quand le moment des devoirs sur table arrive, tout se mélange. Je saisis ce qu'on me dit, je ne suis pas limitée dans ma tête. Le souci, c'est quand on me note. Alors là tout s'emmêle, et le stress me fait oublier tout ce que j'ai appris par cœur la veille au soir.

Bref, aujourd'hui, tout ce qu'on sait, c'est que peut-être les troubles partiront ou se calmeront, ou bien ils vont empirer.

« Seul le temps et un vrai diagnostic psychologique le diront » (c'était la conclusion de l'infirmière). En attendant, je suis dans une grande salle d'attente.

Peut-être que les angoisses sont en moi depuis ma naissance. Comme la forme de mes yeux, mon 85 D, la couleur de ma peau.

Il existe quarante sortes de médicaments pour me soigner si ça dégénère en « crises aigues ».

(C'était l'autre conclusion de l'infirmière, elle a attendu qu'on soit sur le pas de la porte pour le dire.)

(Je n'ai pas regardé sur Internet ce que ça donnait, les crises d'angoisse aigües, franchement, j'ai pas envie de le savoir.)

Nada a une théorie (Nada a toujours plein de théories) : elle dit que mon âme est trop jeune. Elle est persuadée qu'à la naissance, on récupère une âme. Et que cette âme-là, souvent, elle a déjà servi. Sauf pour certaines personnes qui en chopent une toute neuve. Comme moi. Et, quand une âme vit sa première vie, elle met du temps à comprendre le système du monde. Selon Nada, la jeune âme finit par s'habituer au monde. Mais est-ce que c'est vrai ? Ça, je n'en sais rien. Je crois que ça va prendre beaucoup de temps d'habituer mon âme au monde. De la faire vieillir.

Ma mère, je le vois dans ses yeux qu'elle aimerait m'ouvrir la tête pour comprendre ce qu'il y a dedans. Mais plus trop depuis le confinement. En ce moment, on est dans une bonne phase.

Même si, ce matin, elle s'arrache les petites peaux autour de l'ongle du pouce avec les dents. La pauvre. Ma mère a été multipliée par deux à 18 ans, sans personne pour l'aider. Car mon père est parti. Et puis, ensuite, il est mort. Donc, ma mère c'est mon père.

Je me penche vers elle, et je l'embrasse.

– Bon, bref, ne recommence pas à fuguer.

Elle lève le visage et me tend son front. Je n'ai pas envie de l'embrasser une deuxième fois. Je suis radine en contacts physiques. Je regarde un instant ses yeux verts. Ils ont de petits éclats dorés qui scintillent.

– Et toi, évite de te lever aux aurores les jours où je fais de la délinquance, s'il te plaît, je dis.

Elle plisse son nez et tousse :

– Ta sœur a pissé au lit, figure-toi. Je serais bien restée dormir.

– Elle est où, Dina ?

– Elle s'est rendormie.

– Dans sa pisse ?

– Mais nan, j'ai changé les draps et je l'ai installée dans mon lit, bécasse !

Elle a bien choisi son jour, cette grosse poucave. Ça tombe pile aujourd'hui alors qu'elle est propre nuit et jour depuis ses 3 ans.

Ma mère allume la radio. Dehors, le ciel est devenu bleu vif. Je bois le café qu'elle me sert. C'est hyper amer. Il paraît que le palais finit par s'habituer au goût du café et à celui de l'alcool en vieillissant.

À la radio, on entend trois bips et puis :

RTL, il est 7 heures 15, tout de suite le flash info.

Les chiffres du virus mondial sont en baisse pour la première fois depuis des semaines.

Le Président s'en félicite, le Premier ministre ne crie pas victoire, le ministre du Travail assure que les salaires seront maintenus.

– Ouf, dit ma mère.

Depuis un mois, la parfumerie est fermée, mais elle touche toujours son salaire.

Et la ministre de la Santé estime qu'il est trop tôt pour envisager d'assouplir les mesures.

Je ne dis pas ouf, mais je le pense. Le confinement est plus efficace que quarante médocs contre la chelouterie.

CHAPITRE 2

J'ai passé l'éthylotest,
On m'a dit, « c'est dans l'sang ».
Merci sacré papa pour ce cadeau.
Tu sais que je pense à toi quand je fais mon shadow
Disiz, *Poids lourd*

Arthur + 1 mois – Fin mai

On est devant la télé tous les quatre. Chacun à un bout de « la pièce à vivre », comme disent mes parents. Debout, ma mère finit de préparer le dîner. Assis, mon père trône dans son fauteuil. En deux mois, il n'a pas bougé d'un millimètre.

Même activité, jour après jour : regarder les infos en boucle.

En position fœtale, ma sœur Paola est lovée dans le fauteuil en rotin, juste à côté de la baie vitrée qui donne sur le jardin.

Moi, je suis sur le tapis.

Depuis le début du confinement, on passe très peu de temps ensemble. Mais ce soir, c'est différent. Ce soir, il se passe un truc.

Il se passe un truc au gouvernement, et ce truc sera très probablement la levée des interdictions de sortie. Et donc la fin de ce cauchemar.

– Antonia, pose-moi ce saladier et viens t'asseoir. Tu me files le tournis, lâche mon père à ma mère.

Le cauchemar, c'est lui. En temps normal, mon père n'est jamais à la maison. Il est vendeur de bateaux. Il est tout le temps en voyage, comme l'indique son profil LinkedIn.

Sur la photo, ses cheveux gominés sont tirés vers l'arrière. Son bronzage est uniforme et sa chemise, bleu ciel. Il a le regard fixe du gars qui donnerait sa mère pour vendre un bateau à moteur. Une sale tête de mec fier de lui.

Hors confinement, ma mère et moi, on forme un bon duo, on regarde la télé ensemble, on fait des pizzas, on se baigne dans notre piscine. On se marre.

Pao finit ses études de journalisme à Paris mais rentre un week-end sur deux. Quand on est tous les trois, on est les rois du pétrole : on écoute du rap, on fume du CBD, on regarde des films italiens, français et états-uniens.

Pao insiste pour qu'on dise « états-uniens » quand ça vient des États-Unis, car l'Amérique est un continent, donc le terme « américain » prête à confusion.

Depuis que mon père est à domicile 24 heures sur 24, tout a été chamboulé. Ce type est un tyran domestique : expression de Pao, spécialiste des mots qui claquent. Ça veut dire qu'il ne bouge jamais son cul de son fauteuil. Et que, même immobile, il nous terrorise, hurle, insulte, fait de sales remarques. Taper, il n'osera pas.

Depuis le confinement, on ne se marre presque plus, tous les trois. Le soir, on attend qu'il dorme pour aller fumer dans le cabanon de jardin avec Pao. On essaie de parler d'autre chose que de lui, car parler des tyrans, ça les rend plus forts. Ma mère n'est pas naturelle quand il est là. Elle veut cacher qu'on s'entend bien parce que ça le rend jaloux. Et plus il est jaloux, plus il est méchant.

Donc, même tard le soir, elle ne nous rejoint pas.

– Faut bien que quelqu'un fasse à manger, je dis.

– N'hésite pas à aider ta mère au lieu de me faire la morale. Quel branleur. Monsieur 20/20.

Il m'appelle comme ça depuis que j'ai eu 20 de moyenne générale au brevet, il y a un an. Je ne voulais pas lui donner mes notes, mais il est allé regarder mes résultats.

– Merci de vous taire. Le Président va s'expresser, dit ma mère pour calmer le jeu.

Dix secondes passent avant que papa ne l'humilie.

– Quelqu'un va lui dire qu'elle fait des fautes ? Vous ne la corrigez jamais ! Antonia, on dit « s'exprimer ». Et ces deux gosses sont beaucoup trop gentils avec toi. C'est pas comme ça qu'on progresse. Putain, vingt ans que t'es en France... On dirait que tu ne veux pas t'intégrer.

Inutile de préciser qu'il ne pige pas un mot d'italien.

Ma mère est italienne à 100 %. Elle est intégrée, elle est sculptrice – les gens lui achètent des œuvres, c'est ce que j'appelle être intégrée. Ce que papa ne sait pas, c'est que ma mère ne fait des fautes que quand il est là. Sa seule présence ici amène un truc qui pourrit tout. Vraiment tout : la grammaire, l'ambiance, le goût des fruits, la joie.

Je prends le saladier des mains de ma mère. Je remue toujours dans le même sens jusqu'à ce que le mélange devienne mousseux. Je suis dos à la télé quand retentit le générique du journal de 20 heures.

Je verse le mélange d'œufs, d'herbes et de crème sur les légumes. Il se répartit tout seul sur le champ de végétaux. De petites têtes de brocolis affleurent à la surface.

La Marseillaise résonne. Je ferme le four et je reste debout pour bien faire chier mon père. Le visage du Président apparaît à l'écran. Dès le lancement, il remercie les soignants, les enseignants, et nous (le peuple). Il est solennel, pas naturel, lisse comme un miroir.

– Arthur, tant que t'es debout, tu me files mon liquide à cigarette électronique ? Je fume dans le vide là, demande mon père en regardant sa vapoteuse.

– Je ne le vois pas.

– Mais cherche. Tu peux bien rendre service de temps en temps, merde.

– Et toi, tu peux bien me rendre service de temps en temps et la boucler ?

Ça m'est venu tout seul, comme un cri du cœur. Je n'ai jamais insulté mon père, ni personne.

Je déteste les conflits encore plus que je le déteste lui. Je suis Monsieur 20/20, jamais un mot de travers. Carré, fiable, aucune embrouille. Je fais ce qu'on attend de moi.

Je tourne la tête pour regarder ma mère. Son visage est tout défait : ses yeux, très clairs, comme les miens, sont à la limite de la transparence.

Bouleversée, elle porte la main à sa bouche pour s'empêcher de crier quand mon père bondit vers moi. Le temps que je comprenne ce qu'il se passe, il est trop tard pour me protéger. Je suis pétrifié, incapable de lever mes poignets en croix devant mon visage. Il m'attrape par le tee-shirt et me fait traverser la pièce. Je suis plus costaud que lui mais je le laisse faire.

Il me plaque contre la baie vitrée.

La vitre tremble dans un grand *boum*.

Je me mets sur la pointe des pieds pour lui donner l'impression qu'il me soulève. Je fais un mètre quatre-vingt-huit et quatre-vingt quatre kilos. Ça fait un moment qu'il ne peut plus me soulever. Mais il a envie de le croire et, là, il faut qu'il le croie. Il faut nourrir le tyran, car c'est ça que veulent les tyrans : qu'on les craigne.

Je ferme les yeux et il donne un énorme coup de poing dans la vitre.

Juste à dix centimètres de mon visage. La vitre sursaute fort, et il hurle « Putain ! » comme si c'était une surprise que ça fasse mal, la chair et les os contre la vitre en verre.

La vitre continue à vibrer comme si elle claquait des dents. Le son est nerveux.

Ma mère demande à mon père pourquoi il fait ça. Elle hurle en italien :

– Ma cosa stai facendo ?

– En France, on parle français, réplique mon père.

Il insiste sur les *R* comme le général de Gaulle dans ses discours. Mon père, il faut toujours qu'il imite quelqu'un. Souvent un homme qui parle fort. Mais il affiche une petite grimace de douleur.

La voix du Président revient avec le silence. J'essaie de me concentrer sur ce qu'il dit pour ne pas chialer. Mon immense toquard de père n'aura pas ce plaisir de mes larmes.

À la télévision, le Président annonce que, dès demain, le pays va redevenir lui-même, que tout va réouvrir. Il dit que, dès ce soir, nous pouvons sortir, retrouver nos voisins, redécouvrir nos villes.

– *Vous pouvez de nouveau retrouver vos voisins, redécouvrir nos villes, nos campagnes. En restant prudents bien sûr. Les plages, les discothèques, les bars, les restaurants. Et les musées et les bibliothèques, lieux de savoir aussi vont réouvrir. Tous les lieux que nous chérissons, tous, sauf les établissements scolaires qui sont des hauts lieux de contamination. Les écoles, collèges et lycées, eux, réouvriront en septembre. Mais, jeunesse de France, ce soir, tu es libre.*

Mon père lâche mon col, qui retombe un peu bizarrement, tout distendu. Il retourne s'asseoir et attrape son téléphone. Quel salaud… C'était mon t-shirt préféré, celui avec la tête de Marcello Mastroianni[1] dans son bain, avec un chapeau et des lunettes à monture épaisse. La classe absolue, ce mec.

1. Acteur italien connu notamment pour ses rôles dans les films de Fellini.

Il faut que je parte d'ici. Pour ne pas perdre totalement la face, je dois le laisser réfléchir à la violence stratosphérique de ce qu'il vient de me faire.

Je quitte la pièce. Dans l'entrée, j'enfile mes tongs et un sweat à capuche. Une fois prêt, je reviens au salon.

– Je me taille, je dis.

– Alors, là, même pas en rêve, mon gars. Ça va être la foire ce soir. Ils vont tous quitter leurs cités et faire n'importe quoi.

– Parce que c'est mieux ici ? je demande.

C'est une question sincère que je lui pose.

– Oh, ça va, Arthur, mon père m'en collait une ou deux et parfois, et...

– Et tu le détestais, je le coupe.

– Mais moi, j'ai eu du cran. Je suis parti de la maison à 17 ans.

– Je me taille, je répète sans le regarder.

À mon portable, il est 20 heures 25. Dehors, j'appelle mon pote Hakim. Potes, on l'était il y a deux mois, je ne vois pas pourquoi ça aurait bougé.

On est dans le même club d'aviron depuis nos douze ans. Les entraînements à sept heures sur l'eau, les bateaux qui se retournent, les galères de rame, ça rapproche.

Comme ça sonne dans le vide, je lui envoie un texto. Il a toujours son portable vissé à la main, donc il verra forcément (sauf s'il est avec une fille).

Moi : Besoin de te parler. Réponds stp.

Pas de réponse. Je pourrais aller à la cité des Coquelicots, où il habite, mais à mon avis il roucoule dans un coin. Et, même si je risquais la mort, il ne lâcherait pas son date.

Finalement, un message arrive dans le groupe « Cercle d'aviron de Marseille bb », celui de notre équipage :

Ezra : Yo, les vieilles noix. RDV à la plage de la Lave tout de suite. C'est la fête, yalllllllaaaaah sa mère.

Ma maison est à trente mètres + trente-neuf marches de la plage de la Lave. Je ne leur ai jamais dit que je vivais au bord de l'eau, dans un coin pavillonnaire un peu chic. Pas mal chic, même. Enfin peut-être pas pour Los Angeles, mais pour Marseille, oui.

*

* *

Les galets sous mes pieds m'ont manqué. Je suis sorti pendant le confinement, mais les plages étaient interdites. La mer aussi m'a manqué. Depuis ma chambre, j'entends l'eau. Sans le bruit des sirènes des paquebots qui partent en mer, sans les couinements des scooters ou des voitures, je l'entends même très bien faire son mouvement d'encore et toujours.

Arriver et repartir.

Mais avoir la mer face à soi, c'est quelque chose de plus dingue encore.

Avec le jour qui décline, des paillettes stroboscopent à la surface des vagues blanches d'écume.

Ezra arrive par derrière et me plaque au sol. Le mec aurait dû s'inscrire au rugby. J'ai un peu de terre dans la bouche. J'envoie un coup de pied dans le vide. Je lui tends la main pour qu'il me relève, c'est la règle dans les sports collectifs : tu fais tomber, tu ramasses. Une fois sur mes deux jambes, il me regarde avec des yeux super tendres.

– Ça va, BG ? il me demande.

Il me soulève du sol comme un vieux sapin de Noël déplumé. On est corps contre corps. En dehors de Pao, c'est le premier être que je touche depuis des semaines. Il sent la lessive et la bière.

– Oui, et toi ?

– Ça va, ça va. T'as gardé la forme, bâtard !

– J'ai fait du sport.

Douze kilomètres par jour, sur tapis de course ou au rameur. Mais je ne dis rien parce que parmi mes potes, personne ne possède ce genre d'équipements.

Ailleurs, l'aviron, c'est un sport de bourgeois, mais pas à l'Estaque. L'aviron, c'est pour tout le monde. Fils d'armateur ou fils d'épicier.

– Je suis raide. Tiens, prends ma bière, me dit Ezra.

– Je suis désolé, je n'ai rien apporté.

– On est chez moi, peut-être ?

On arrête de parler tous les deux pour regarder autour de nous.

– Nan, je réponds, hilare.

– Mais alors pourquoi tu me dis ça à moi ? T'es tellement poli, Arthur. Bois cette bière.

Elle a un goût de pâté, mais je finis la cannette.

Dans le sable, j'écoute les autres raconter ce qu'ils ont fait de ces deux derniers mois. Il y a Fred Robert, mon voisin, qui raconte qu'il a fait trois cents pompes par jour. Et puis des troisièmes et des secondes qui disent qu'ils ont :

– Joué à *Call of Duty*,

– Roulé des pelles à la voisine,

– Appris à faire de la brioche,

– Relu *Harry Potter*,

– Revu la trilogie du *Parrain, Scarface, la Cité de Dieu, Creed I, Creed II, Game of Thrones...*

– Repeint leur chambre,

– Rencontré des gadjis sur TikTok,

...

Une fille se détache du lot. Déjà par sa dégaine : avec un œil rouge tulipe et l'autre jaune poussin et un trait d'eyeliner pour casser la texture. Avec Pao et ma mère, on regarde des rediffusions de *Drag Contest*, une émission sur un concours de Drag Queens, je suis donc expert en *make-up*. Mais elle se distingue aussi par ce qu'elle raconte.

Elle a monté un salon d'esthétique clandestin dans son immeuble de la cité des Coquelicots. Elle faisait épilation au fil mais aussi maquillage et un peu d'onglerie.

Cette fille, c'est Nada, la cousine d'Hakim. Je l'ai déjà vue sur TikTok. Je l'écoute parler en espérant qu'elle lâchera des infos sur son cousin (où est-il, ce petit con qui ne répond pas au téléphone ?).

Mais rien ne vient.

Quand il fait nuit, je me mets en caleçon et je me jette à l'eau comme un vieux clébard. Je nage jusqu'à la grosse balise jaune. C'est bon, ce froid. Ça réveille les cellules sous la peau, ça fait battre le cœur. La vie dans l'eau, c'est tellement plus beau. Dans une autre existence, j'ai dû être un têtard.

J'enfonce la tête dans l'eau puis expulse mes miasmes par le nez.

– *Sorry* la mer, je dis en me mouchant avec les doigts.

Je sens un petit courant chaud entre mes jambes quand je parle à la mer. Ça me fait marrer de me dire qu'on se parle, la mer et moi. Je repars en crawl vers le rivage.

C'est tellement bon d'être dehors que j'en oublie que mon père est un gros bouffon. Et j'oublie aussi qu'après ça, il faudra rentrer chez moi.

Sur la plage, un feu a été allumé avec du bois, de vieux journaux gratuits et un peu d'alcool.

– T'as les lèvres toutes bleues, dit une go mignonne en me tendant une grande serviette.

– Tu n'en as pas besoin ? je lui demande.

– Je suis frileuse. Je ne me baigne presque jamais, sauf en août en Corse.

Je m'enroule dedans et je m'assois contre un gros caillou en forme de carapace de tortue. La fille reste à côté de moi, peut-être pour que je lui rende sa serviette. Je me rhabille en vitesse et la lui rends.

– Déso, elle est mouillée. Si tu veux, je la lave et je te la rends plus tard.

– T'as envie de me revoir ou t'es juste vraiment, vraiment poli comme mec ?

Je ne connais même pas son prénom, comment je peux savoir si j'ai envie de la revoir ?

Il y a des gens qui savent répondre même quand la question est foireuse. Pas moi.

– Comment tu t'appelles ? je demande.

Pas hyper originale, la réplique, mais j'aime faire les choses dans l'ordre.

– Cléo.

– Moi c'est Arthur.

– Je sais. Tout le monde sait qui tu es. Le beau gosse de seconde qui fait de l'aviron et que personne n'arrive à gérer.

Je ne sais pas quoi répondre.

Que personne ne me plaît assez ? Que j'ai peur d'être incapable d'aimer ? D'être atteint d'une maladie qui détruit les sentiments ? Peur d'être comme mon père.

J'ai peur d'essayer d'être en couple et de découvrir que je suis comme lui : un sale con tout vide.

– Ha ha.

Je ris tout bas, parce que je ne sais pas quoi faire d'autre.

Sur une enceinte passe une chanson un peu lente de Disiz. Tout le monde s'enlace et danse. Des filles avec des filles. Des gars avec des filles. Mais pas de gars avec d'autres gars.

– Tu veux danser ? me demande Cléo.

Je n'ai pas le temps de répondre. Elle met les mains sur mes épaules et se colle à moi. Son corps est tout frêle, petit et mince. Ses cheveux blonds comme la paille sentent les épices. Ses yeux sont couleur noisette ; c'est rare, les blondes claires aux yeux marron. J'aime bien son physique.

– En vrai, cette chanson, « Poids lourd », elle est triste à crever, je dis à Cléo à la fin du morceau.

– Ah, je sais pas. J'ai pas écouté les paroles.

Moi, je les connais par cœur. J'aime bien les vieux rappeurs. Disiz, il est là depuis une vie et cette chanson, elle me fait penser à mon père.

Taux d'ignominie, cinquante pour cent.
J'ai passé l'éthylotest, on m'a dit « C'est dans l'sang ».
Merci, sacré papa, pour ce cadeau.
Tu sais que je pense à toi quand je fais mon shadow

On s'embrasse plusieurs fois avec Cléo.

Je la laisse faire. Je ne suis pas un grand habitué des baisers. Sans l'effet de la bière, je serais en totale panique. Mais Cléo prend les choses en main. J'aime l'odeur d'alcool et de miettes de cookies de sa bouche. Elle m'embrasse doucement et elle caresse ma nuque au même rythme.

C'est elle qui décide quand elle veut arrêter. Juste en se reculant et en soupirant.

Une fois face à face, je suis incapable de parler. C'est comme si j'avais laissé tous mes mots dans sa bouche. J'ai les lèvres sèches. Cléo part retrouver ses copines. Ensemble, elles dansent autour du feu.

Et puis elle revient m'embrasser, et repart. Le feu et nos baisers durent toute la nuit.

Avant elle, j'ai embrassé une fille en Italie l'été dernier, Giorgia. Cléo est la première Française que j'embrasse.

Au lever du jour, elle part avec ses copines.

Ça fait des heures que je n'ai pas pensé à mon père. J'ai peur de rentrer, pas envie de baisser les yeux devant lui.

On est déconfinés, il va repartir en déplacement. La normalité va reprendre, c'est obligatoire, c'est le rôle de la normalité de reprendre. Et son rôle à lui est de se casser... mais quand ?

Je ne peux pas rester ici. Je ne peux plus dormir sous le même toit que ce cinglé violent...

Je me dirige vers ma chambre, mais je ne peux pas y dormir.

Sur mon oreiller, je trouve un mot. Je reconnais l'écriture biscornue de Pao.

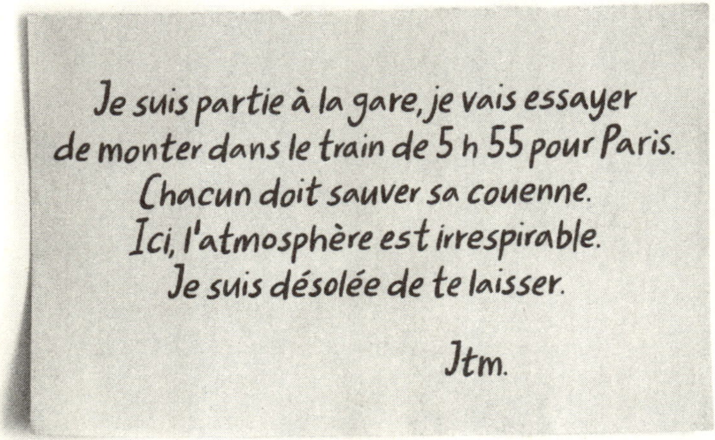

Je suis partie à la gare, je vais essayer
de monter dans le train de 5 h 55 pour Paris.
Chacun doit sauver sa couenne.
Ici, l'atmosphère est irrespirable.
Je suis désolée de te laisser.

Jtm.

J'ai 16 ans. Mon père a fui le sien à 17 ans. Pao a 21 ans et un studio à Paris, des études et des choses à faire. Qu'est-ce que j'ai, moi ? Un père riche et fou + une mère pétrifiée + des grands-parents italiens qui pourraient m'accueillir mais les frontières sont fermées. Mais je ne suis pas maso au point de m'endormir à dix mètres de celui qui a failli me casser la gueule.

Hakim n'a pas répondu. Je ne peux pas aller dormir chez lui.

Dans un dernier élan d'énergie, j'attrape mon oreiller, un tapis de sol, un petit duvet et je traverse le jardin. Je vais dormir dans le cabanon. C'est le même terrain mais ce n'est déjà plus le même toit que lui.

On partage peut-être le même sang, mais on n'a pas la même couenne.

CHAPITRE 3

Me mets pas trop d'pression,
J'ai déjà tout un tas de problèmes.
L'hymne de la nation, je vais le réécrire moi-même.
Medine, *Allons zenfants*

Louisa + 1 mois – 27 juin

La nouvelle du jour, c'est que je passe en seconde.

Je suis contente. Ma mère est contente. Elle pensait que je n'y arriverais pas. Elle dit « Je savais que ça passerait », mais c'est faux.

Les appréciations ne sont pas catas du tout.

Bon, c'est sûr qu'on se serait passé du petit « in extremis » en conclusion. Mais c'est la vie

Collège Olympe de Gouges
BULLETIN DU TROISIÈME TRIMESTRE

CLASSE : 3e B
NOM : Louisa Rénier

Matière	Note	Appréciation
Français	9,5	Des difficultés à fixer son attention, il faudra fournir d'immenses efforts pour survivre aux subtilités du programme de 2nde.
Maths	5	Tout reste à faire, bases trop faibles. Pendant les vacances, il faudra cravacher.
Histoire/ Géo	10	Correct en histoire. Fâchée avec la géo.
LV1 Anglais	10	Time to start. Il serait temps de s'y mettre... après quatre ans d'apprentissage de la langue.
LV2 Espagnol	8	Élève qui semble absente.
SVT	15	Élève solide, de bonnes intuitions.
Technologie	10	Élève moyenne, quelques faiblesses.
Arts plastiques	12	Bien.
Musique	10	Louisa semble ailleurs mais ne dérange pas la classe.
EPS	17	Très bien.

Moyenne générale : 10,65
Passage en 2nde générale « in extremis ».
L'an prochain, il faudra redoubler d'efforts pour maintenir le cap.

C'est la maladie mondiale qui a sauvé ma moyenne. En mode confinement, j'ai moins stressé pour les contrôles de connaissance.

J'avais plus de temps. Et avec ma mère à côté, je m'inquiète moins. Et puis, à la maison, on a toujours la possibilité de vérifier sur Internet (même si je ne le faisais pas, c'était possible, donc ça fait une béquille, comme dit l'infirmière).

Nada est une béquille, internet est une béquille, ma mère est une béquille. Maintenant, c'est l'été et je suis soulagée.

Mais, un jour, elle va recommencer, la vie normale.

CHAPITRE 4

Alors la zone, ça dit quoi ?
C'est l'été tous les jours, c'est samedi soir.
Jul, *Alors la zone*

Louisa + quelques jours – Fin juin

Aujourd'hui, c'est l'anniversaire de Nada et on a rendez-vous place de l'Église. Elle est déjà là quand j'arrive.

– Ça va, ma sœur ? je demande.

– Les flics ont tué un mec hier dans les quartiers Nord. Tu sais ce qu'il faisait ?

Je ne suis pas sûre d'avoir envie de le savoir, mais Nada est lancée.

– Nan.

– Il mettait la main dans sa poche pour pécho son téléphone et filmer son pote qui se faisait arrêter sans raison.

– Je suis désolée.

Elle verrouille son téléphone, le remet dans sa poche, se décolle un ongle sur la couture de son jean.

– Fait chier sa grand-mère, l'index en pluuuuuus !

– Bon, tu veux ton cadeau d'anniversaire ? je demande pour la consoler.

– J'espère que c'est un jeu de faux-ongles !

Je lui tends un petit paquet en papier kraft avec du bolduc bleu et jaune. Le bolduc, c'est le ruban qu'on utilise pour faire joli sur les paquets cadeaux. J'ai bien aimé le mot quand le libraire me l'a appris. Il a dit : « Bon moyen pour s'en rappeler, ça ressemble aux moldus d'Harry Potter. » J'ai dit : « Hum, hum. »

(Mais je n'ai pas compris le rapport et j'aurai oublié ce mot demain.)

– Tu sens le flan de la cantine, j'aime bien, me dit Nada.

– Ma mère a eu des échantillons de monoï à la parfumerie. C'est pour ça.

Nada déchire le paquet et ses yeux s'ouvrent grand quand elle découvre *Tant que je serai noire*, de Maya Angelou.

– Merci, Louisa.

– Je ne sais pas si c'est bien. J'ai dit que tu aimais les Noirs, les Arabes et les pauvres, et la libraire m'a proposé ça.

Nada a deux passions dans la vie : la politique et le make-up (spé ongles).

– C'est une super idée. Les militants la citent tout le temps sur Twitter. Et puis, mate ce port de tête de *queen*.

Tête baissée, cheveux courts, créoles aux oreilles et débardeur blanc, voilà la photo de Maya Angelou sur la couverture.

– Oui, elle n'a pas l'air d'être là pour rigoler, je dis.

– Ouais, et moi non plus. On y va ?

– Hum, je dis en me levant du banc.

J'ai envie d'y aller comme de me jeter dans un aquarium de poissons vipères. Mais c'est un soir spécial et je n'ai pas pu dire non. J'accompagne Nada à une fête. Une fête chez Fred le ouf.

*

* *

Un rectangle lumineux accroché au toit du bus fait défiler les arrêts et une voix préenregistrée enchaîne les noms :

Littoral Sacomane, Fontaine des Tuiles, Estaque port, Estaque village, Estaque Mistral, Estaque Riaux, Rond-Point de la Lave.

Le bus entame sa montée vers la mer, prend le virage et là, même si je connais la vue par cœur, c'est du grand spectacle de revoir la plage de la Lave. Ce soir, la mer bleue est fluo et les falaises des calanques brillent dans la lumière.

En sortant du bus, on entend les basses de la fête. Des rires éclatent et la musique n'est pas forte du tout. Rien d'anormal, mais mon cœur commence à tambouriner. C'est tellement stressant de faire ce qu'il y a à faire. De ne pas être chelou. De parler à des gens qu'on ne connaît pas, de devoir improviser avec des gens qui vont forcément juger.

Putain, en parlant de choses à faire... on a oublié l'alcool.

– Grosse, faut qu'on trouve une supérette, je panique. Pas moyen de se pointer les mains dans les poches.

– Personne ne va remarquer, tranche Nada.

– On va chez Fred le ouf, il va vérifier ce qu'il y a dans nos sacs à dos.

Fred le fou alias Fred Robert n'est pas fou. On l'appelle comme ça avec Nada parce qu'il est tout le contraire de fou. Il est beaucoup trop normal. Du CP à la 6e, on était en classe ensemble. Ensuite, il a sauté sa 5e mais il nous invite toujours à ses fêtes. On n'y va jamais. Mais « mes quinze ans, je ne les passe pas en bas de mon immeuble avec trois faces de poulpe » a dit Nada.

Ses parents ont refusé qu'elle organise une fête. Ils sont flippés de la maladie mondiale (et des verres d'alcool renversés par terre).

Bref, si on l'appelle le ouf, c'est parce qu'il était toujours au premier rang, le doigt levé à longueur de cours : « Monsieur, madame, moi je sais ! » Il porte des chemises repassées. Il est très chiant, pas méchant, mais vraiment chiant. À l'école, je copiais toujours sur lui, et il ne se défendait jamais. Les surnoms disent souvent l'inverse de ce qu'on est. Moi, on m'appelle « Miss la Tchatche » depuis le CE2.

Nada, on l'appelle « la Reine du silence ».

– Mais naaaaaan, on est des meufs... Il traîne qu'avec des keums, Fred le ouf. Il va nous accueillir comme une palette de bouteilles de vodka devant sa porte. Même pour un gros geek comme lui, une fête sans filles, c'est pas une fête.

– Ça me gêne quand même, je dis.

– La vérité, c'est que t'as la flemme, Louisa.

– Mais toi, je te comprends pas. Tu passes ta vie à te foutre de leur gueule et là, tu veux chanter « joyeux anniversaire » avec les potes de Fred le ouf.

– Nan, t'as pas capté. Je veux juste voir des gens, parler, danser, boire. Voilà, la vie t'sais quoi ? C'est pas toujours KO. Des fois, c'est pas compliqué, Louisa.

– Tu bois même pas, je réponds.

– Bah justement, ça va bien me faire marrer de les voir se buter au whisky.

– OK, si tu veux...

– Allez, fais pas la gueule, Loulou. Si c'est vraiment pourri, on se casse.

– OK, je dis.

– Et regarde-moi ce petit enfoiré qui va plonger dans la mer, bien au frais, poursuit Nada en essuyant la sueur de son front.

Je tourne la tête à gauche et à droite, je cherche de qui elle parle. Le temps que je comprenne que « le petit enfoiré », c'est le soleil, elle a déjà sonné. Quasi instant', Fred ouvre le portail. Il a le même sourire que le Président le soir de la fin du confinement.

Bien fier de lui. Bien énervant.

– Salut, les filles. Vous avez vos maillots ? il demande.

– Nan et ça fait quoi ? je réponds.

(J'avoue, je suis agressive mais j'ai mes raisons.)

Pitié, qu'il nous dise que c'est maillot obligatoire et qu'on doit se tailler d'ici.

– Ma mère en a plein en rab, si vous voulez.

Même pas besoin de se parler pour se comprendre avec Nada. Mettre un maillot de bain appartenant à une vieille inconnue, plutôt crever.

– Ça va aller, merci, répond Nada en contenant son fou rire. T'as fait de la muscu ou quoi ? T'es gaulé.

– Ah ouais, un peu, merci.

Il sourit comme s'il venait de gagner au Rapido.

Nada, elle a son caractère et ses principes et tout. Mais elle est quand même forte pour dire aux gens ce qu'ils veulent entendre.

Trente secondes plus tard, on est dans une cuisine avec des murs en carrelage brillant type salle de bain.

– Coooool, trop beau chez toi, mec ! Les toilettes sont où, steuplé ?

– Juste là.

– Cool, elle répète. Je te confie Louisa la Tchatche. Elle ne parle pas mais elle est gentille. Bref, tu la connais. Ha ha.

Quelle immense relou de me laisser avec Fred le ouf...

– Tu as assez d'alcool ? On a oublié d'en prendre. Je peux aller en chercher si tu veux, je dis à Fred.

– Mes parents m'ont laissé des thunes. Tout va bien. Sers-toi à boire, Louisa. Y a 48 bières au frais. J'en ai déjà bu deux. Il en reste 45.

– 46, plutôt ?

– Ah oups, ouais, je commence à être un peu bourré. Mais sers-toi.

– Nan, c'est gentil. Je vais attendre un peu.

– Comme tu veux, mais si tu as envie, tu peux.

Au cas où je n'aurais pas compris le traquenard : Fred le ouf veut que je me bourre la gueule avec lui.

– Nan.

Alcool + gêne totale d'être avec des inconnus = expérience que je préfère ne pas tester. On est cinq filles en tout, entourées de dix-sept mecs. Tous plus âgés et une bière à la main. À part trois gorgées de champagne aux 32 ans de ma mère, je n'ai jamais essayé. J'avance sur la terrasse. Le soleil entame sa descente dans les vagues. Le ciel est rouge avec de petites traînées de nuages.

Revenue des toilettes, Nada me tend une bière toute fraîche, saveur cactus.

– Tu bois quoi, toi ? je lui demande.

– Virgin mojito. J'aime bien le blaze de ce truc. Beaucoup de voyelles et beaucoup de bulles.

En quinze secondes, je dégomme la moitié de ma bière. Ce n'est pas moi, c'est mon stress qui absorbe tout ça. Il paraît que l'alcool détend. On va voir ça. En tout cas, niveau saveur, c'est pas gagné, ça a un goût de liquide resté trop longtemps dans la bouteille. De truc périmé.

On reste toutes les deux à regarder les autres. On les commente. Nada trouve que tous les mecs sont gaulés comme des gaufrettes.

(Je crois que je suis d'accord.)

(Je ne sais pas si ça me dérange.)

(Je n'ai pas de « type » de mecs.)

Vers 22 heures, Nada décide que le moment de passer « Alors la zone » de Jul est arrivé. Elle chope le téléphone de Fred, déverrouille en tapant notre année de naissance à tous les trois. Fred le ouf est un être prévisible.

Alors la zone, ça dit quoi ?
C'est l'été, tous les soirs, c'est samedi soir.

Ce morceau, c'est de l'or en copeaux. Il est magique et fait danser tout le monde sur la terrasse. On est vraiment très peu de filles. Pour le moment, les trois autres sont normales, ni belles, ni moches, ni arrogantes, ni sympa. Elles se collent à Nada.

Nada, même quand elle ne connaît personne, elle est à l'aise partout, avec tout le monde, elle attire les meufs et les mecs comme un aimant.

C'est cool. J'aime bien former un bloc de filles.

On crie le refrain en regardant le ciel rose bonbon. Les mecs n'osent pas. Pour une fois, c'est nous qui parlons fort.

Je suis bien, là. La musique me réconcilie avec ma *huge* poitrine qui remue en même temps que moi.

– On met quoi, maintenant ? demande Fred à la fin de la chanson.

Il a du mal à articuler, il est archi frit. Sa chemise dépasse de son pantalon (la débraille, ce n'est pas du tout le genre de Fred Robert).

– Faut assurer. On s'attend au moins à du Rihanna, du Kanye, Stromae éventuellement, ou alors carrément Aya, ou Heuss l'enfoiré. Beyoncé. Un truc dans ce goût-là, enchaîne Nada.

Elle est trop forte, Nada. Elle dit ce qu'il faut.

Moi, je suis incapable de dire autre chose que ce que je pense.

– Nan, j'aime pas, bafouille Fred.

– Bah remets Jul, alors, poursuit-elle.

– Ah non. Ma tolérance a des limites.

– Hein ?

– On ne dit pas « hein », on dit « comment », la reprend Fred.

– Il t'arrive quoi, à toi ? je lui demande.

Il lui arrive qu'il est vraiment bourré, car mal parler à Nada en ma présence, c'est du suicide. Je vais lui coller une mandale.

– J'en ai marre qu'on massacre la langue française, bafouille-t-il.

– Qui, moi ou Jul ? demande Nada.

– On dit : « Jul ou moi ? »

– Jul ou moi ? Moi ou Jul ? La vérité, on s'en carre, je reprends. Viens-en au fait, s'il te plaît.

Cette phrase, je la connais bien, les profs me la servent quand j'ai du mal à bien répondre aux questions.

« VIENS-EN AU FAIT. »

– Vous, je vous pardonne mais Jul, franchement, il fait du rap d'attardés. Il n'a personne pour le relire ou quoi ? Le mec chante « J'tourne pas ma veste », il est pas allé à l'école ou quoi ? Je RE-tourne pas ma veste. C'est niveau CE1, cette faute.

Même bourré, ce mec est chiant.

Nada a le regard rivé sur ses ongles qu'elle tripote. Je la connais, quand elle baisse la tête, c'est qu'elle prépare un gros missile. Même si elle est bavarde, elle n'improvise jamais ses sorties. Tous les invités sont suspendus à l'embrouille. Je fais glisser trois cigarettes dans la poche de mon short. Je ne fume presque jamais. Mais des fois ça aide à distraire le chelou.

(Est-ce que tous les gens qui fument sont atteints de chelouterie ?)

– L'orthographe et la grammaire sont des trucs de riches que vous avez inventés pour vous reconnaître entre vous, réplique Nada. Le rap qui fait les liaisons et la concordance des temps, c'est du rap de CPE, mon frère. Et moi, j'aime pas ça.

Fred va finir en confettis.

– Allez, t'as gagné, Nada. Mets ce que tu veux, lui dit Fred.

Nada met Dr Dre. J'aurais pu parier ma vie qu'elle mettrait du rap bien validé. Juste pour crucifier Fred. Lui montrer qu'elle connaît vraiment tout. Elle aurait pu tenter un petit 50 Cent ou Tupac.

Elle a gagné le clash, mais l'esprit de la danse est mort.

Cette chanson, ça donne envie de se taire et de taper du pied. Mais pas de danser. Même entre meufs.

Tout le monde s'éloigne. La piscine est prise d'assaut et ça s'agite dedans.

Les mecs font des bombes et des saltos. Pas de muscles, pas de couleurs sur leurs corps, pas de blagues. Ceux qui restent au bord parlent bien fort de leurs épreuves du bac de français. Ça me fait mal de les entendre parler de ça comme si c'était donné à tout le monde de passer des examens. Ils trouvent qu'on leur a *donné* l'épreuve à cause de la maladie mondiale. Que c'était tellement facile comme sujet.

Bref, ils me saoulent à parler de ça comme ça.

Je sens mon cœur qui s'excite comme un oiseau dans une cage trop petite.

J'attrape une deuxième bière et je trace vers le fond du jardin. Il y a un grand rectangle de terre cultivée (je crois qu'on dit comme ça). C'est de la folie, ces tomates rondes qui poussent tranquilles au milieu des fleurs aux grandes tiges – des coquelicots, je les reconnais parce que c'est le nom de la cité de Nada et il y en a deux-trois là-bas.

Ici, je suis sûre que personne ne viendra, à cause des abeilles qui butinent. Pieds nus, je reste les jambes dans les têtes de lavande qui me griffent la peau. J'attrape une tomate cerise sucrée et acide.

Je regarde la mer et, de temps en temps, je me retourne pour vérifier que Nada est toujours là.

Alors que je checke Nada, un mec plonge dans la piscine. Sans splash, sans hurlement. Son corps aspiré par l'eau file jusqu'à l'extrémité opposée du bassin. Sa tête perce la surface de l'eau. Et il repart en apnée dans l'autre sens. Après cet aller-retour, il sort de l'eau, une main sur la hanche, il observe un pote de Fred le ouf balancer une fille tout habillée dans la piscine. Puis il s'approche du petit jardin.

– Salut, il me dit.

Il est blond avec des yeux très bleus. C'est très con à dire, mais ses yeux sont bleus comme l'eau de la piscine. Il a des épaules carrées et des jambes très longues. Ses fesses sont mises au bon endroit. Un peu perchées. Je ne l'avais pas remarqué. Bizarre.

– Salut.

– Je reste juste le temps de sécher, il me dit.

– Reste tant que tu veux, je réponds.

Truc qui ne me ressemble pas du tout.

Moi + alcool = sympathie en veux-tu, en voilà.

(Note mentale pour plus tard : une bière, c'est OK, deux bières, trop de sympathie = zone de danger.)

– Merci. Je suis bien là, dit-il.

– Tu n'aimes pas la musique ? je demande.

– Si, j'adore, mais je n'ai pas besoin d'être collé aux autres pour profiter de Dr Dre. Et puis la vue est top au fond du jardin.

– Ouais, ils ont de la chance d'habiter là. T'as vu comme il s'enfonce dans la mer, ce petit enfoiré ? je dis.

– Pardon ? il demande. Qui ?

Lui, il sait qu'on ne dit pas « hein ? » ou « quoi ? ». J'essaierai d'y penser pour mes exposés en seconde.

– Bah le soleil. Il va être bien là, fondu dans la mer. Tu sais quoi ? J'adore la mer, je me baigne tout le temps. Même quand c'est interdit. Parfois, je voudrais rester dans l'eau. Pas pour mourir, juste pour flotter.

– Ouais, moi aussi, répond le mec. Mais t'as pas pris ton maillot de bain ?

– Nan, j'ai zappé. C'est complètement dommage parce que je meurs de chaud. Je transpire comme un je ne sais pas quoi.

Il regarde mes pieds dans la terre. J'enfonce mes orteils.

– Comme un goret ?

– Pardon ? je dis.

Et je souris, parce que ça y est, j'ai compris.

– C'est un bébé cochon, il répond.

– Oui, en fait, je sais. J'ai une sœur qui a un imagier sur les animaux, dedans y a les gorets. Mais c'est pas... expliqué qu'ils transpirent.

Je crois qu'à part avec Nada, je n'ai jamais autant parlé à quelqu'un en si peu de minutes.

Je lui tends une cigarette.

– Non, merci.

– T'as pas de vices ? je demande.

N'importe quoi de demander ça à un inconnu...

– Si, mais pas celui de fumer. Et toi, c'est quoi, tes vices ?

Je réfléchis.

– Je n'aime presque personne, je dis. Enfin, je ne déteste personne non plus, mais aimer vraiment c'est assez rare. Et je ne parle pas beaucoup, normalement.

– Mais pourquoi tu es là, alors ?

– Nada m'a fait du chantage.

– C'est ta pote ?

– Ma meilleure pote.

– Et elle te fait souvent du chantage ?

Je me demande si je me rappellerai son visage quand j'aurai épongé les bières.

– Elle va garder ma sœur tous les samedis parce que je vends des glaces sur la corniche cet été. En échange, je l'accompagne à cette soirée.

– OK. Et tu détestes cette soirée ?

– Non, je déteste pas, mais je n'aime pas non plus. Fred nous invite tout le temps et c'est l'anniv de Nada, donc bon.

Pendant trois secondes, on ne dit rien, lui et moi. Puis je reprends :

– Mais il ne faut pas lui chanter « Joyeux anniversaire », y a pas moyen de faire ça. Ici, c'est pas nos potes. On est venues parce que ça change. Et toi, t'es un pote de Fred le ouf ?

– Bof. Disons que je n'avais rien à faire ce soir. Et toi ?

– Je viens de te répondre. Tu poses toujours plein de questions ? je demande.

– Normalement, non, il répond. Mais avec toi, je ne sais pas, j'ai envie de savoir.

– Bah, vas-y. Je t'en prie. Pour une fois que j'ai envie de parler.

Il se gratte la joue. Il a une mini-barbe. Une barbe un peu caprice qui pousse à des endroits et pas à d'autres.

– T'es d'accord avec ta pote sur Jul et la grammaire ? Tu crois que le rap est politique ?

– Mais t'étais là pendant leur clash ? je demande.

(Pourquoi je ne l'ai pas remarqué? Je n'ai pas de type de mec, mais il est beau, personne ne pourra dire le contraire sans mentir.)

– J'ai juste entendu la fin. Mais toi, t'en penses quoi?

Je respire un coup comme l'infirmière me l'a appris. Une respiration zen. Poumons gonflés et ventre rond et on expire doucement pour calmer le chelou qui se prend pour Dieu.

– Je ne sais pas. Je déteste la politique. Fred le ouf, il parle de rap mais il n'y connaît rien. Jul et les autres, ils ne font pas du rap d'attardés. Ils font leur rap à eux. Les mots s'incrustent dans la musique, tout est bon pour que ça passe, même casser un mot. « J'tourne pas ma veste », si ça passe mieux, bah faut le dire comme ça. Tu vois? Le monde ne va pas exploser parce qu'on dit « J'tourne ». Le « RE », c'est un bout de mot mort pour le flow. C'est un...

Un petit silence passe.

– Kamikaze? il dit.

– Ouais, kamikaze. T'es fort en mots.

– Nan, toi t'es forte. Et tes explications sur le rap, aussi, elles sont bien. Tu me donnes envie d'écouter du rap français contemporain. Moi, j'écoute que du vieux rap, des chanteurs morts, des jazz women enterrées depuis des décennies.

– T'es une vieille âme. C'est pour ça.

Il n'a pas l'air choqué par le truc. C'est la première fois que je dis « âme » devant quelqu'un qui n'est pas Nada. Peut-être qu'il connaît le concept.

– Et toi, tu penses par toi-même.

– Tu trouves ça subtil?

Ce chien de la casse de prof de français a écrit que j'aurai du mal avec les subtilités l'année prochaine.

– Euh, ouais, carrément, il répond.

Il sait ce que « subtil » veut dire, parce que sa joue se creuse dans un demi-sourire bien agréable.

– Tu le diras à mon conseil de classe, alors.

– Sans problème. Et tu me conseillerais d'écouter qui ?

– Soso Maness et Damso.

– Et tu t'appelles comment ? il me demande.

– Louisaaaaa, crie la voix de Nada dans mon dos.

Sa voix se rapproche en répétant mon prénom dix fois.

– Ouaip ? je réponds.

– Viens, on se tire. On a un plan soirée aux Coquelicots avec Hak'. Et il m'a saoulé, l'autre gogol de bourgeois, là.

– Salut, je dis au mec à la fossette.

– Je m'appelle Arthur.

– Tant mieux pour toi, le bombarde Nada. Allez, Lou, on y va.

Franchement, elle abuse. Je hausse les épaules pour qu'il comprenne que je ne suis pas hyper d'accord avec le scud qu'il vient de se prendre comme ça gratos. C'est joli, « Arthur ».

Une fois à l'arrêt de bus, je fume la dernière cigarette, mais l'odeur de tabac tout chaud ne suffit pas à dissiper celle du plongeur. Arthur.

Une odeur de lessive + lavande + un autre truc un peu plus subtil.

CHAPITRE 5

La guerre appelle la guerre,
Le sang appelle le sang.
Soso Maness, *Le sang appelle le sang*

Arthur – Même jour + une heure

Je tourne le robinet de la douche vers son point le plus bleu. L'eau me glace l'épiderme. Je ne sais pas si c'est la différence de température ou Louisa qui me colle des frissons jusqu'au sommet du crâne.

Je reste dessous le temps d'une chanson de Soso Maness. Je l'ai choisie à son titre : *Le sang appelle le sang*. Sous le jet, j'ai les oreilles prises dans le déluge et le flow démentiel du mec. Sa voix est enrouée et décidée :

Le plus difficile, c'est pas d'les envoyer, c'est d'assumer.

La richesse, le pouvoir, la paranoïa ont fait que la guerre appelle la guerre,

Le sang appelle le sang.

Et puis, la chanson s'arrête. Le silence essaie de se faire une place, mais j'entends le rire de Louisa, et puis ses mots :

Cet été, je vends des glaces sur la corniche.

Elle semblait à l'aise et mal à l'aise. Chaque mot venait de loin et sortait tout seul. De ma vie, je n'ai jamais vu une fille aussi intense. Ni aussi canon. Ni aussi pieds nus dans des cailloux et des ronces. Et ses yeux, verts, chauds et froids, et des éclats dorés dedans. Elle a des yeux qui savent tout.

Il faut que je la revoie tout de suite pour vérifier un truc. En fait, j'ai plusieurs trucs à vérifier. Déjà, je veux vérifier qu'elle existe, que c'était bien elle, cette fille hyper drôle dans la lavande, à une soirée piscine sans maillot de bain. Et, ensuite, je veux lui demander pourquoi elle m'a parlé à moi alors qu'elle n'aime personne. J'ai aussi besoin de savoir ce qu'est une vieille âme. Je crois que j'ai compris que ça voulait dire, « être serein ». Enfin, plutôt, « pas en panique ». Mais est-ce que ça veut dire être chiant aussi ?

Je ne peux pas partir en Italie demain. Je suis censé passer le mois de juillet à Camogli chez mes grands-parents maternels. Mais il est impossible de partir sans revoir Louisa. Je vais devoir décaler mon séjour. Il faut qu'on parle, qu'on continue ce qu'on a commencé. Parler. Il me manque trop d'éléments. Je n'ai pas assez d'elle pour penser à elle. Je veux d'autres titres de rap français, et aussi savoir où elle va au lycée. Tout, je veux tout connaître, des trucs du genre : quels types de glaces elle va vendre, si elle préfère les chats ou les chiens, si elle discute avec les vieux dans le bus, si elle boit du café, si elle mange les pommes avec la peau.

Toutes ces choses primordiales.

Si je ne sais pas tout ça dans la minute, je vais devoir les deviner. Et, comme elle n'est pas comme les autres, je ne réussirai jamais à deviner ses réponses.

Et je vais devenir fou.

Et mon âme ne sera ni jeune, ni vieille, mais juste foutue.

J'enfile un caleçon et un tee-shirt et je vais trouver ma mère dans son atelier. C'est une grande pièce haute de plafond et isolée au bout de la maison. Une extension, disent mes parents. Ils ont plein de mots pour parler de la maison. Mais zéro pour parler d'amour.

J'entre.

– *Si deve bussare prima di entrare, Arthur*[1].

– *Scusa*[2].

– *Non fa niente, amore. Sto riordinando. Sei pronto per il viaggio di domani ? Ti preparo un panino*[3].

Dans l'extension, il y a d'énormes tables de menuiserie, une chaîne hi-fi des années 1990 branchée sur les infos mais aussi une odeur de frais, des tabourets, un tour de poterie.

Je connais cet endroit par cœur. Petit, j'y passais ma vie à regarder ma mère bosser, à sculpter des trucs si laids qu'on ne les mettait jamais au four. Ce soir, elle assemble des morceaux de

1. « On frappe avant d'entrer, Arthur. », en italien.
2. « Désolé », en italien.
3. « Ce n'est rien, mon cœur. Je fais du rangement. T'es prêt pour ton voyage demain ? Je vais te préparer des sandwichs. », en italien.

glaise ensemble pour former de la barbotine. Ce sont des restes de terre dont on fait une bouillie qui en gros sert de glu à poterie.

– Je voudrais décaler mon horaire de bus. Sur Internet, ça se fait sans frais. Ils sont tous à 69 euros l'été de toute façon. Une opération commerciale pour relancer le tourisme en Italie.

Les mains terreuses, elle relève la tête :

– *Per fare cosa*[1] ?

« Aller manger une glace sur la corniche » n'est pas une réponse acceptable. En plus, il y a plein de glaciers à Camogli, et le resto de Nonno[2] et Nonna[3] propose des glaces. Et des bonnes. Stracciatella, pistache et vanille, le trio le plus commandé. Et puis, elle va me répondre que je pourrai toujours manger des glaces de la corniche en août. Mon retour est prévu le 4.

– *Devo vedere qualcuno*[4].

– Mais l'horaire est calé avec Nonna qui vient te chercher à la gare routière de Gênes demain soir, Arthur.

– Il suffit de la prévenir.

– Arthur, c'est quoi, ça, comme *tipo* de caprice ?

– Faut que je voie quelqu'un demain, maman, c'est hyper important.

– Il n'est que 23 h 30. Vois la personne que ton choix a fait dès à présent.

---

1. « Pour quoi faire ? », en iralien.
2. « Grand-père », ou « papi » en italien.
3. « Grand-mère », ou « mamie » en italien.
4. « Voir quelqu'un. », en italien.

Sa grammaire commence à dérailler. On dirait une traduction automatique.

– Mais qu'est-ce que ça change que je bouge demain ou dans deux jours ? Nonno et Nonna bossent tout l'été, et moi, je fais ma vie tout seul quand je suis là-bas.

– Ça change qu'on s'est mis d'accord là-dessus il y a trois mois.

Là tout de suite, j'ai envie de lui sortir mon bulletin scolaire. Mes félicitations à chaque trimestre depuis la 6ᵉ. Les 20/20. J'ai envie de lui dire que je ne demande jamais rien, que je passe la majeure partie de mon temps à être le fils idéal.

– C'est la fille que j'ai croisée l'autre jour ?

Putain, Cléo, j'ai oublié Cléo. Cléo, à qui je ne pense jamais hormis quand elle m'écrit ou que je la vois. Ou alors à qui je pense juste pour me dire que je devrais penser à elle. Cléo qui me fait songer que je suis un malade du sentiment, incapable de m'intéresser à autre chose qu'à moi. Cléo, dont je ne vais jamais réussir à tomber amoureux. Je le sais maintenant, c'est définitif. Mais en fait, je le savais depuis le début. Quand Hakim nous a vus ensemble et qu'il nous a appelés « couple », ça m'a fait comme un petit grumeau dans la gorge. Mais au moins maintenant, depuis une heure, je sais que je n'ai pas la maladie des sentiments. Car j'ai Louisa dans tous les plis du cerveau.

Mais ça, je ne peux pas le dire à ma mère.

– Euh oui, c'est elle. C'est Cléo.

– Chéri, moi je m'en fous que tu voies des filles, mais, demain midi, ton père rentre pour une semaine. Il sera là jour et nuit.

Vous allez vous disputer et ça va être une terrible chose. Si vous laissez passer du temps, vous allez vous réconcilier.

Dans le fond, ce n'est pas de sa faute si je ne peux plus blairer mon père. Et, dans le fond du fond, c'est très lâche, ce que je m'apprête à faire.

Claquer la porte de toutes mes forces. Elle tremble dans ses gonds et ça ne me fait aucun bien. Et surtout ça n'efface pas la voix de Louisa :

Je vends des glaces sur la corniche.
Pour une fois que je parle.

Je file dans mon cabanon.

Depuis l'affaire de la baie vitrée – même quand mon père est absent –, c'est là que je dors. Quatre mètres carrés au sol, de quoi poser un matelas, une pile de bouquins et trois vaporisateurs d'anti-moustiques. La musique de la fête de Fred Robert me parvient. Depuis notre départ aux filles et à moi, la playlist est devenue tragique. Ça passe du Soprano. Merci, les voisins...

Je fais la seule chose que je peux faire là, maintenant, tout de suite : chercher Louisa sur Insta. Je passe par Nada. Son blaze est hilarant : *Nada8K* – une référence à une chanson qu'on chantait petits :

Un petit Indien, un petit Indien,
Nagawika, Nagawika.

Hilarant et véridique aussi, Nada a 8 000 abonnés, d'où le 8K. Et, parmi eux et elles, je vais forcément trouver Louisa. Je regarde des dizaines de vidéos de maquillage – des reprises de vidéos TikTok. Je suis à la recherche d'un bout de front, d'un centimètre de peau, d'une mèche de cheveux, ou d'un cil de Louisa.

Que dalle. *Nada*. Rien. *Niente*.

Alors j'écume ses abonnés. Je scrolle, scrolle, scrolle, jusqu'à tomber sur son visage en médaillon. *Loudu13*. C'est beau, Lou. On ne sait rien sur les loups. On a lu des tas de livres sur eux, mais on ne sait rien en fait. Son profil est évidemment privé. Et *13* aussi, c'est beau. C'est notre département, les Bouches-du-Rhône, mais c'est aussi un chiffre qui porte bonheur et malheur. Je zoome sur l'image de profil (une tête, parfaite). Un nez ni droit, ni tordu, ni grand, ni petit. Un nez, quoi. Des joues rondes et une bouche parfaitement dessinée.

Des yeux qui visent, concentrés et pas là pour négocier. On ne voit pas sur la photo qu'elle a les plus beaux yeux du monde. Des yeux verts comme l'eau des rivières avec de petits fragments dorés. Inédit comme couleur. Je ne m'en remets pas de ses yeux de chat italien. Purée, je suis bavard dans ma tête.

Je clique sur *suivre*. Elle va recevoir une notif.

Arthur Celentano a demandé
à vous suivre.

Et sous mon profil, si elle accepte, on lui proposera de me suivre en retour.

J'attends. Ce sont des minutes très longues. Je regarde *Rap stories*, magazine du rap. Je lis des articles sur Soso Maness en diagonale.

Et puis,

la

notification

arrive.

Loudu13 a commencé
à vous suivre

J'ai accès à ses photos : 13 en tout. 13, ça porte bonheur et malheur. Je n'arrive même pas à les regarder.

Je reste scotché à la première page.

Louisa
15 ans
Lycée Saint-Exupéry.
2de générale.

C'est marrant de préciser « générale ». Toutes les secondes sont générales, à Saint-Exupéry. On sera dans le même lycée. Elle en seconde, moi en première.

Le même lycée, le même lycée, le même lycée.

Je tue un moustique qui bourdonne à mon oreille. Hop, éclaté contre le mur de mon cabanon. Tache de sang dégueulasse, je n'ai pas été assez rapide. Je fais le ménage avec les mains. Au creux de ma paume, je récupère de la sciure, un cadavre de mouche, et une écharde qui se plante dans ma ligne de vie.

C'est un signe. Il est temps que je lui écrive. Il s'est passé 11 minutes depuis qu'elle a commencé à me suivre. 11, c'est raisonnable comme nombre de minutes d'attente. 11 minutes, je ne passerai pas pour un mort de faim.

Hakim aurait déjà envoyé 17 messages.

Mais Louisa a l'air du genre à clasher si on s'approche trop près.

Moi : Bien rentrée ? J'ai écouté Soso Maness. Il cite Shakespeare.
Le sang appelle le sang => Shakespeare.
C'est une vieille âme, Soso Maness ?

Je vois des bulles grises foncer, éclaircir et disparaître. Elle a commencé à écrire et vient de s'arrêter.

Pourquoi ?

Qu'est-ce qu'elle veut me dire ?

Je pourrais renvoyer un message, mais je ne suis pas un charo.

Dans ma tête, j'entends son rire qui part dans tous les sens. Et je vois ses pieds dans la terre. J'ai envie de les voir retrouver leur couleur dans l'eau de la mer. Je déverrouille mon téléphone, je quitte le mode avion, j'attends dix secondes et toujours rien.

Alors je recommence. Mode avion – rien – mode avion.

Cette mimique sur son visage quand Nada a voulu partir, qu'est-ce que ça voulait dire ?

Qu'elle était déçue ?

Trop de questions, pas assez de réponses.

Je ne vais jamais réussir à m'endormir.

*

* *

J'ai bien dû dormir puisque je viens de me réveiller. Il est 6 heures du matin. Je rallume mon portable et je trouve deux messages envoyés à 02h13.

Loudu13 : je pense que Soso est une jeune âme qui essaie de faire la vieille âme. Mais je dois réfléchir encore au truc.

Loudu13 : on est o coquelicots c sympa. Toujours pleins de rap et de monde

Je n'ai pas fait mon sac. Je fonce vers ma chambre. La pièce a changé d'odeur depuis que je vis dans le cabanon. Elle sent comme le reste de la maison, les courants d'air et la lessive. Dans mon gros sac d'aviron, je balance sept shorts, sept tee-shirts et des caleçons. Et des livres pas trop pavés, maximum 300 pages. Pao m'a offert des romans de Françoise Sagan et deux bouquins qui se passent en Irlande. On y est allés quand on était petits. Les livres qui se passent en Irlande s'appellent *Mon traître* et *Retour à Killybegs*. Sur Internet, j'ai lu que ça se passait dans la poudrière irlandaise des années de la guerre civile. J'aime le mot « poudrière ».

Poudrière : lieu où l'on stocke la poudre à explosif.

Trente minutes et une douche plus tard, ma mère démarre la voiture dans un silence de plomb qui ne nous ressemble pas du tout.

À la gare routière, je me force à la serrer contre moi, à prendre une voix normale. On ne peut pas se laisser comme ça. Avec maman et Pao, on ne se raccroche pas au nez, et on ne se quitte jamais fâchés. C'est une règle, car ça peut toujours être le dernier moment qu'on passe ensemble.

Je la serre dans mes bras une deuxième fois. J'arrive bien à faire semblant parce que je suis carré. Mais je ne suis pas sincère. C'est de sa faute si je pars. En fait, on est carrément à la limite de l'exfiltration. Je dois dégager en Italie pour que papa puisse rentrer tranquille.

Et ça me prive de Louisa, de glaces et de corniche.

– *Baci*, mamma.

– Désolée, Arturo. Bonnes vacances.

Le bus sent la vieille moquette et les vomis mal aérés. À peine assis, je ressors mon téléphone, je fais défiler les contacts et je m'arrête à Hakim.

Moi : alors, c'était la teuf aux coquelicots ?

Hakim : Ouais, avec des go fraîches comme des eskimos. Déso, j'aurais dû te tel mais j'étais tellement fayaaaaaaa

Moi : Mais t'es déjà levé ?

Il est 9 heures et on est samedi.

Hakim : je suis en retard pour mon jour 1 de taf au super U de la Corniche. Jtai déjà raconté, nan ? Je taffe là-bas cet été. Et toi ? qcq tu fais debout ?

Lire le mot « corniche » me coupe en deux, à l'horizontale.

Il va draguer Louisa, et, comme ce con est irrésistible, je vais la perdre. Je le sais qu'il est irrésistible. Ma mère et ma sœur ont un crush de la taille de la Sicile pour lui.

Je donnerais l'Italie, les cannellonis de mon grand-père et toutes mes médailles d'aviron pour rester là.

Mais on est déjà sur l'autoroute. Un panneau indique Aubagne – patrie de Marcel Pagnol. Putain, quelle déprime.

Moi : oui, oui tu m'as dit. Moi, je suis dans le bus pour l'Italie. Je vais aider mes grands-parents dans leur restau. A+

Ce que je ne dis pas, c'est que ma grand-mère me laisse à peine faire mon lit tellement elle me chouchoute. Chaque année, j'essaie de les aider, chaque année, je me fais chasser. Mais je préfère laisser croire que moi non plus, je ne suis pas en vacances. Après, pour être venu à la maison, Hakim en sait déjà assez. Il a vu les cinq chambres, les trois salles de bain, la salle de sport au sous-sol. Il n'a fait aucun commentaire ; ni en voyant la maison, ni en rencontrant mon père. Je crois qu'il a compris à qui il avait affaire.

Hakim : Ok, bah bon bus. Appelle quand tu rentres, on fera du rameur oklm dans ta villa.

J'ai un petit poids sur le poitrail, c'est ça le stress ? Ou c'est l'amour ?

En tout cas, c'est aussi agréable qu'un caleçon trop serré.

Hors de question de vivre comme ça.

Alors, je crève l'abcès direct, franco, carré :

Moi : Une go en particulier ? Je la connais ?

Hakim : une Suédoise, mon pote. C'est décidé, cet été, je me consacre au tourisme !

Moi : tu connais une meuf qui s'appelle Louisa ?

Hakim : la pote de ma cousine ? Elles sont tout le temps ensemble.

Moi : Oui, peut-être. Je l'ai croisée à une soirée.

Hakim : Laisse tomber les deux, c'est des petites.
Y a rien à faire avec elles.

Ça va mieux, je m'étire, j'étends mes jambes.

Son rire, ses mots, son Instagram, la brèche ouverte hier soir.

En fait, tout va bien, non ?

Oui, ça va... enfin jusqu'au message de Cléo.

Cléo : il y a quelque chose. Je le sens.
Dis-moi que c'est faux. On peut se voir ou t'es déjà dans le bus ?
Pourquoi j'ai peur de jamais te revoir ?

CHAPITRE 6

I'm on the pursuit of happiness.
Kid Cudi, *Pursuit of Happiness*

Louisa – 31 juillet, 17 heures ou presque

À 15 ans, on a le droit de travailler à certaines conditions. Les voici :

1) Pas plus de cinq heures trente par jour
2) Interdiction de rester seul·e
3) 3 jours de repos dans la semaine
4) 2 semaines de congés à prendre sur les 8 semaines de travail

Au début, je flippais d'être coincée dans un petit espace avec un patron homme et vieux. La surface au sol du magasin est de 8 mètres carrés (c'est écrit sur mon contrat de travail). Notre appart mesure 49 mètres carrés et il est petit. 8, c'est archi minuscule.

Heureusement, en face il y a la plage, les scooters des mers, les gadjos en maillot. Je pourrais passer ma journée à regarder ce qui se passe.

Mais, avec Joe, on est ultra occupés car le littoral est blindé.

Apparemment les Français ont très peur d'attraper la maladie mondiale à l'étranger, alors ils restent sur le territoire national. Pas mal de gens ont choisi Marseille, parce que :

1. c'est pas cher
(comme dirait ma mère « faut le dire vite »)
2. il fait beau
(vrai de A à Z)
3. il y a la mer
(archi vrai aussi).

Moi, je suis obligée de bosser car on n'a pas un seul euro pour partir en vacances. Et en plus, rester deux mois à la maison à ne rien faire avec Dina, c'est l'embrouille assurée.

Joe, mon patron, est un pote de ma mère. Et ma mère, elle sait choisir ses potes. Elle les prend pas trop obsédés sexuels, car il ne me regarde jamais la poitrine. On ne parle que de travail. Parler peu et toujours de la même chose avec quelqu'un, c'est un peu comme de la solitude.

J'aime bien.

Le premier jour, il m'a expliqué tout le boulot bien en détail.

Depuis, j'apprends à faire le métier en suivant le tableau des compétences collé à la porte.

Il me l'a envoyé tard le soir, et dans le message il a juste écrit :

Joe-patron : Première et dernière fois que je t'écris après 18 heures. Voici le tableau de compétences. À demain.

Niveau 1 **Débutant**	**Niveau 2** **Intermédiaire**
Passer le chiffon sur le comptoir Laver les cuillères et les spatules Passer le balai Ranger les boissons par catégorie dans les grands frigos (gazeuses d'un côté, non gazeuses de l'autre)	Aller faire de la monnaie chez les commerçants voisins Rendre la monnaie à la clientèle Vendre des boissons au détail Servir les glaces italiennes à la machine Étape 1 : un parfum Étape 2 : deux parfums
Niveau 3 **Vendeuse confirmée**	**Niveau 4** **Vendeuse pro**
Servir des glaces aux enfants Remplir la machine de glaces italiennes le matin Écrire le tableau des parfums à la main d'une belle écriture, et sans fautes	Servir des glaces aux adultes Déposer la recette du jour à la banque Ouvrir et fermer le magasin

Tous les jours, Joe me dit « Merci et bravo » quand je m'en vais. Dans ce travail, je ne me sens pas noyée dans le stress de ne pas y arriver comme au collège.

Dans ce travail, il n'y a pas de piège. Déjà les gens sont en maillot de bain, crème solaire dans les sourcils, et chapeau de paille, donc pas super impressionnants. Et puis, leurs questions sont très simples :

• « Il y a du lactose dans les crèmes glacées ? »

Réponse : « Oui » ou « non » (ça dépend des glaces).

• « Où sont fabriquées les glaces ? »

Réponse unique : « Aubagne. »

• « Avez-vous déjà goûté le sorbet au wasabi ? »

Réponse : « Oui, et c'est spécial. »

(Ne pas dire que ce sorbet a le goût du beurre qui a trop traîné au frigo.)

Aujourd'hui, on est le 31 juillet, ça fait quatre semaines que je bosse. Pour fêter ça, je vais servir mes premiers adultes. C'est Joe qui choisit les cobayes. En vingt ans de restauration, il est capable de repérer à la tronche du client qui va être relou et qui s'en foutra que la glace penche d'un côté ou coule un peu sur la gaufrette. Il y a des personnes, on croirait que leur glace, c'est comme une cloison de leur maison. Une question de vie ou de mort. Joe dit que c'est notre métier de prendre les glaces au sérieux. Si on trouve que ce n'est pas important, alors il faut faire autre chose.

(Je suis d'accord.)

– Vas-y, Louisa. Monsieur Cissé, c'est *fingers in the nose*, me dit Joe en me donnant un coup d'épaule.

– Pardon ? je demande.

– Les doigts dans le nez. Du tout-cuit. Facile. T'apprends pas l'anglais à l'école ?

Monsieur Cissé vient tous les jours. Il réfléchit toujours une vie avant de prendre deux boules de rhum-raisins en cornet.

Ça ne rate pas, cette fois encore, il commande la même chose.

Je tasse la première boule. Mais le moment délicat, c'est de faire tenir la deuxième sans tout écraser. Je m'en sors pas mal, je lisse à la spatule et je lui tends sa glace. Il me laisse 1 euro de pourboire.

À la fin de l'après-midi, je suis officiellement au stade 4 de la formation et je prends presque tous les clients.

– Allez, c'est l'heure, me dit Joe en me désignant la cliente de 17 heures.

Elle, c'est ma préférée. Une femme très belle qui commande une glace différente chaque jour à la même heure, et laisse minimum 5 euros de pourboire.

Je l'aime bien. Elle est victime de chelouterie aussi, mais pas la même que moi. On dirait qu'elle vient d'une autre planète et que c'est la première fois de sa vie qu'elle mange un truc. Et, en même temps, elle est habillée comme une personne qui est sur Terre depuis longtemps. Boucles d'oreilles, bracelets dorés, grosses lunettes Dior.

La grande bourge, la grande classe.

Quand elle apparaît, c'est qu'il est 17 heures et que ma journée est finie. C'est toujours Joe qui la sert.

Aujourd'hui, j'ai envie de la servir.

– S'il te plaît, Joe, je veux finir la journée en feu d'artifice.

– Et moi, je ne veux pas la finir en prison, Louisa. Je te garde son pourboire.

D'une toute petite voix, elle commande une glace vanille-pistache. Je retire mon tablier mais je la mate en soum-soum. Ses yeux sont transparents comme l'eau de la mer après les tempêtes.

Verts et mouillés.

– Je vous dois combien ?

Son « combien » est déformé par son accent. Elle dit « cumbia ».

– Rien, répond Joe.

Je ne l'ai jamais entendu dire ça.

– Mais si, tenez.

Elle laisse dix euros et repart avec sa glace sans dire au revoir. Quand elle s'en rend compte, elle se retourne et nous fait un signe.

– Pourquoi t'as voulu lui offrir ?

– Elle a l'air un peu en PLS, non ?

À force de traîner avec moi, Joe parle comme moi.

– Un peu. Elle est belle, non ?

– Allez, rentre chez toi, me dit Joe.

Et il me tend les dix euros de la cliente de 17 heures.

Je trace acheter un pack de Liptonic au kebab d'en face avec le billet.

Ce soir, je vais être mannequin d'ongles bénévole pour Nada. Clairement, l'accompagner à la soirée de Fred le ouf ne suffisait pas comme salaire pour la garde de Dina quatre samedis entiers. Le reste du temps, ma sœur est au centre de loisirs.

Comme je ne suis pas une crevarde, c'est moi qui ai proposé mes ongles à Nada pour ses vidéos TikTok.

*

* *

17 h 45 – Cité des Coquelicots, chez Nada

Chez Nada, il y a de longs canapés pour faire tenir toute la famille en même temps devant la télé. Au mur sont accrochées des photos du désert du Maroc (l'endroit où ils ont tourné *Gladiator*).

Ça sent toujours la bouffe, mais c'est comme ça chez tout le monde, sauf chez moi.

On doit mettre des chaussons même quand il fait 43°, c'est Tarek, son père, qui phase sur l'hygiène. Depuis la maladie mondiale, il vit avec un masque et mange tout seul sur le balcon. Il nous fait coucou de loin.

Dans la chambre de Nada, on se croirait chez une maquilleuse pro.

Une commode avec plein de flacons, un énorme miroir et plusieurs petits, deux recourbe-cils et environ 700 cotons empilés les uns sur les autres.

– Lou, tu te mets là.

Là = une parure de lit imitation satin, couleur sorbet de litchi. Ça colle aux fesses, ça fait de l'électricité statique sur les poils des cuisses.

Ultra désagréable comme sensation, mais je n'ai aucune chance de la faire changer d'avis. Nada est hyper à cheval sur la déco. Selon elle, pour réussir sur TikTok, il faut donner des repères, dont la déco. Il faut aussi avoir un style rien qu'à soi. Et le style de Nada, c'est d'être drôle.

– Fais voir le massacre, me demande Nada en prenant mes mains dans les siennes.

Elle observe mes ongles sous toutes les coutures. Ensuite, elle nettoie l'écran de son téléphone et la lentille de l'appareil photo comme si c'était un diamant. Puis elle file son portable à Dina pour qu'elle l'installe sur une perche vidéo.

Nada me fait signe de me taire, on va bientôt commencer le tournage.

Je hausse les épaules.

Depuis quand c'est un problème pour moi de me taire ?

Nada se met face à son téléphone, elle respire un grand coup et prend sa voix de réseaux sociaux. Pleine d'énergie un peu envahissante et déter comme jamais.

Elle parle comme si les gens étaient là, en face d'elle, et qu'ils attendaient des infos sur le maquillage depuis des années.

– Salut à toutes les frérotes. Les frérots qui soignent leurs ongles, je sais que vous êtes là. Mais je vais parler en ELLES au pluriel, faudrait pas abuser. Bon, vous avez été nombreuses à me demander pourquoi je ne proposais pas de vidéo de *nail art* et bien voilà, je me lance. J'ai une super cobaye ! Figurez-vous qu'elle n'a jamais mis de vernis sur ses ongles. Ce sont des ongles VIERGES. On va lui faire une belle pose américaine. D'abord, je désinfecte avec du désinfectant. Moi, je prends celui-là.

(Elle montre la bouteille de désinfectant marque Pouce et elle le secoue.)

– C'est le moins cher, mais bon... il y en a des tas d'autres plus chers si vous aimez dépenser vos thunes n'importe comment. Si vous n'en avez pas, de l'eau chaude et du savon, ça passe crème aussi. Et si vous n'avez pas de savon, ça veut dire que vous êtes sales, les frérotes, et il n'est jamais trop tard pour changer.

Elle sèche mes ongles en soufflant dessus et elle raconte des tas de trucs sur les cuticules qu'il faut repousser, mais pas trop loin pour pas que ça parte en panaris.

« Panaris », rien que le mot est dégueulasse.

Après, elle applique des gels, souffle, attend, puis passe un coup de *top coat*, et une gomme un peu caoutchouteuse.

Je ne vais pas mentir, je n'écoute plus rien de ce qu'elle raconte.

Je fixe mon téléphone. Je viens de recevoir deux messages d'Arthur.

Une recommandation de Disiz : *Quand j'serai chaos*

Et un message :

A : Une vieille âme, c'est quelqu'un qui se connaît lui-même ? C'est ça ? Bisous !

Depuis un mois, on s'écrit plusieurs fois par jour.

Hier, il a proposé qu'on fasse une playlist commune sur Spotify. Je n'ai pas Spotify, j'écoute gratos sur YouTube. C'est pas du tout un charo qui couche avec tout ce qui a des cheveux longs, car il ne m'a jamais proposé qu'on se voie. Souvent il veut savoir ce que je pense de quelque chose, il me pose des questions sur les glaces et sur ma vie.

Quand j'en sais rien, je réponds : « J'en sais rien. » Pour le moment, ça me fait plus plaisir que chelou.

Discuter avec lui, ça me procure des frissons le long de la colonne vertébrale. Au début, j'ai eu peur qu'il arrête d'un coup de m'écrire, mais il n'y a jamais de creux. Toutes les deux heures moins la nuit – il m'écrit. Je ne l'ai dit à personne, car y a rien à dire, on s'écrit, point barre. Il ne me dit pas que je suis mignonne, ne me demande pas de photos de moi, on n'est pas potes sur Snap.

Si j'en parle à Nada, elle va vouloir lire les messages, et c'est NO WAY. Nada, c'est la pro pour juger trop vite.

La journée, on a des clients à la chaîne, donc ça m'empêche de penser à lui.

Mais, le soir, je relis les messages, j'écoute les chansons.

*

* *

Ça toque à la porte. Pas vraiment une demande d'autorisation d'entrée. Plutôt trois tocs pour dire « J'arrive ».

C'est Hakim. Il a un an de plus que nous et, jusqu'à cet été, il ne nous avait jamais trop calculées. Mais là, ça fait plusieurs samedis de suite qu'il vient.

– Salut, les go, ça va ou quoi ? Tata m'a dit que Louisa la Tchatche était parmi nous. Je suis venu dire salut, lance Hakim.

Canon, même dans son tee-shirt « Super U ». Cheveux frisés en mode rafale, rasés en dessous mais pas à blanc. Dents un peu écartées. La peau toute lisse et les yeux marron clair.

On dirait qu'il a été fait sur commande.

– Comme si tu ne savais pas qu'elle était là, se moque Nada.

– Sur ma vie, je ne le savais pas. Sinon, j'aurais mis mon vrai Lacoste. Tu crois que j'enregistre vos emplois du temps sur mon agenda ? J'ai une vie, moi..., il dit, bloqué en mode sourire.

– Ta vie, c'est le Super U et l'aviron. Allez, ça va, pose-toi. Il va falloir que je te coupe au montage.

– Me coupe pas, je suis une machine à *likes*.

Dina reste immobile. Heureuse d'être avec des grands. Sérieuse comme un feu rouge. Ma sœur, quand elle ne parle pas, je l'adore.

– Assieds-toi et ferme ta bouche, Hakim. Il me reste encore vingt minutes de taf.

– Hein ? je m'écrie. Mais c'est pas encore fini, là ? J'ai les ongles tout brillants, on dirait la pleine lune.

– Louisa la Tchatche, en fait... tu tchatches ! se marre Hakim.

Il ricane, mais il parle tout le temps. Même si j'avais envie de parler, je me demande bien à quel moment je pourrais en placer une entre Nada et lui, les deux moulins à paroles.

Mon ventre gargouille et Nada me fusille du regard parce que ça va s'entendre sur la vidéo. Je la regarde avec mes yeux de « qu'est-ce que je peux bien y faire ? ».

– Bon, la cobaye va faire une crise d'hypo tellement elle a la dalle, donc on va se dépêcher mais toujours de manière appliquée, vous me connaissez. OK ? On part des cuticules jusqu'aux bords libres et on met la colle et, ensuite, on pose l'ongle délicatement. Voilà. Si vous kiffez, n'hésitez pas à faire tourner. Salut, les frérotes et les frérots open dans leur tête comme mon assistant Hakim Bakali. Viens dire bonjour, Hakim.

Hakim met sa tête devant le portable et fait une grimace.

– Salut, la team des belles meufs et bon samedi soir, dit Hakim. Pour info, je suis célibataire.

La caméra est coupée. Mes ongles pèsent trois tonnes. Et je crève de faim.

– Ça vous chauffe si je prépare une chakchouka[1] ? propose Hakim. Je suis un artiste moi aussi.

Moi, je suis loin. Loinnnnn sur mon téléphone qui me donne des nouvelles d'Arthur.

---

1. Faire frire des oignons, des tomates, des merguez et des poivrons agrémentés d'herbes (*zatar*) ; casser un œuf par personne ; faire cuire jusqu'à durcissement du jaune de l'œuf ; servir.

Il a lu le livre de Maya Angelou que je lui ai conseillé. Et il adore. Et il me conseille du rap à l'ancienne. Une rappeuse qui s'appelle La Gale – date de sortie de l'album : 2012.

– Nada ?

– Ouais.

– Tu peux me prêter Maya Angelou, s'il te plaît ?

Je lui ai recommandé mais je ne l'ai pas lu.

– Ouais, prends-le.

– Et tu connais une vieille rappeuse qui s'appelle La Gale ?

– C'est pas ta mère, La Gale ? Elle est reconvertie dans la parfumerie.

– Oh ! Parle pas de ma mère qu'a la gale ! braille Dina qui n'a pas d'ironie.

L'ironie, ça vient à partir de 4 ans. Mais souvent ça arrive plus tard (vers 8, 9 ans). Ou pas du tout. C'est Arthur qui me l'a écrit un soir où je me plaignais de la lourdeur de Dina.

CHAPITRE 7

Tu te demandes pourquoi je m'sens toujours sur la brèche,
C'est qu'à force de trop d'émois
Le cœur casse et puis ça sèche.
La Gale – *Passe ton chemin, fais ta vie*

Louisa – 4 août, 7 h 09

Le chelou est revenu. En force. Tout allait bien, le boulot, le passage en seconde, l'été et la vie.

Et puis tout est parti en sucette. Très fort.

Pour me calmer, j'ai ressorti une feuille que l'infirmière m'avait donnée.

Pour comprendre le chelou, elle m'avait conseillé de décrire les crises étape par étape. Elle m'a préparé des titres en gras pour comprendre le *cheminement*. Apparemment, si on réussit à comprendre comment le chelou fait son nid, il risque de revenir moins vite.

Constat :

Le chelou s'est installé. Il ne veut plus partir. Il gonfle comme jaja.

Élément détonateur :

J'ai fricoté avec Hakim.
Fricoter = mot immonde, comme panaris ou cuticules.
Ça tourne dans ma tête comme les lames du ventilo

Manifestations :

1/ dans le corps

Frissons dégueu – frissons gluant si j'y repense
+ sommeil : à iech.

2/ dans la vie

Je fais d boulettes à Galaxy Glaces
Liste : 2 erreurs de caisse, erreur dan les parfums (yaourt et vanille), erreur dans les cornets
Rien de dramatique, a dit Joe mais en vrai il est déçu.

3/ avec les autres

j'ai serré fort ++++ le bras de Dina
Larmes de douleur et PAS le chouin habituel
+ sentiment de quan on sen veut.

Étapes qui ont mené à la crise ou à l'état anxieux

Je rembobine la soirée

Dina a mangé trois X de la chachouka
= bide en vrac
Père de Nada a appelé maman qui était en nocturne à la parf donc pouvait pas venir
Décision = dormir chez les Benjaoui et appeler mam si prob

Dina s'est couchée et basta.
Les parents de Nada aussi.
À 22h, Hakim a proposé d'aller à la petite crique.
Personne taffé le lendemain.
J'avais ni envie, ni pas envie et comme Nada a dit oui, j'ai suivi
J'étais invitée (politesse).

En + je m'en fouté total car Arthur venait de m'écrire un truc mims
« ça pourrait être cool de se voir »

Une fois dehors, Nada a dû remonter car elle n'avait plus de baterie à son tél.
Elle a dit
- Je le recharge et j'arrive.
J'ai pas aimé être seul avec lui mais j'ai pas voulu faire la chelou qui ne peut pas rester dehors san sa pote.

Comme c'était soir de match rappeurs contre anciens de l'OM, y'avait Cantonna et tout ça qui jouaient = la plage était vide car au Vieux-Port y avait écran géant.

C'était vide et le ciel était beau comme un genre de cocktail immonde.

Hak parlait non stop des clients réguliers du Super U.
Après, il a sortit une bière de son sac
Moi j'ai dit non, pas d'alcol.
Comme y avait plus R à dire, il m'a posé une question.
- T'as des clients cools, toi ?
J'ai dit :
- Ben, y a une femme belle avec accent et des yeux clairs qui vient toujours à 17h. Elle a des sapes dorées.
- Avec des sourcils très clairs ? il a demandé.
- Oui.
- Et un accent italien ?
Avec Joe, si on en avait parlé, on aurait pu deviner qu'il était italien, l'accent.
- Vieille mais belle ?
- Oui, je t'ai dit. Et des maxi lunettes Dior.
- C'est Antonia. La mère d'Arthur Celentano. Elle est trop vieille pour toi. Espèce de LGBT.
C'est pas ça qui m'a mis mal, le LGBT (débile mais j'ai habitude de leurs blagues à clouer au sol).

...

Alerte chelou n°1= entendre le nom Celentano a fait paniquer mon cœur puissance max.
Comme si quelqu'un avait répété un de mes secret.

Pour moi, Celentano, c'était un nom Insta dans un rond. Pas un truc reel.
- Je le connais son fils. Je lui ai parlé chez Fred le ouf.

- Ah tiens, il drague des meufs de 3ème, Celentano ?
- Non, il m'a parlée. Pas draguée.

Alerte chelou 2 = pourquoi il parlait sur Arthur ?
Mon cœur a continuer à semballer
J'ai pas aimé.
+ je ne suis pa une meuf de 3ème. Je passe en 2de.

- Fais pas la naïve et te fie pas à lui. Il fait le gars sûr mais c'est un charo qui jette les meufs.
- Il a l'air correct. Il a l'air d'avoir des soucis avec son père. Arthur il m'a dit par message que son père était « un massacre sur pattes ».
- On a tous des problèmes avec notre père. Je le connais son père. Son seul problème c'est qu'il est trop riche.

Alerte chelou 3 : j'avais envie de savoir tout ça mais pas par Hakim.
- Ah.
- Arthur, il est sympa mais il n'est pas correct avec vous, les meufs. Il a largué Cléo Leonetti comme une merde.

Jamais il m'a parlé d'une Cléo.
- Ah bon ? j'ai demandé. Il s'est passé quoi ?
- Dans un bus pour l'Italie, il lui a écrit « ça ne va pas le faire. Je pars en Italie un mois. Ça va nous éloigner ». Le mec a une maison en Italie. Tu crois qu'il est où là ? Et le reste de l'année, il vit dans une villa, plage de la Lave. Vers chez Fred Robert.
- Mais c'est ton pote ?
- De ouf mais si j'étais une go, je ne m'approcherais pas. Il dit juste ce que les meufs veulent entendre.
...
- En tout cas, La tchatche, t'es devenue hyper belle. T'es plus une petite.
Je n'ai rien dit. Merci = prétantieu.

Là il m'a embrassé. Je n'ai pas dit non. C'était hyper bizarre.
Sa langue qui s'agitait comme s'il cherchait un truc. Je savais que le premier baiser, c'était toujours un peu bizarre et pas ragoûtant. En plus, il sentait la bière et les épices de chachouka
Alerte cheulou 4 : mon cœur est devenu fou.
Comme si je devais me dépêcher de finir.
Mais pour aller où, ça je savais pas ?
J'étais pas dedans. Je pensais à Arthur. À ses mythos horribles.
À sa mère, au billets de 10 qu'elle lâche de longue, à la monnaie qu'elle ne récupère pas.
Hakim a mis la main sur mes fesses. Je n'ai rien dit mais c'était l'enfer.

J'étais pas prête et pas trop d'accord mais ça aller tarpin vite dans ma bouche et sur mes fesses
Au moment où il a touché ma poitrine, j'ai dévissé.
C'est le bruit qui était imonde. Son gémissement en mode « c'est bon ».
= je suis pas une crème au chocolat, préparée rien que pour lui. Je l'ai repoussé.

- Tu kiffes pas ? il a demandé.
J'ai secoué la tête.
Il a dit pardon.
Juste après, Nada est arrivée.

À peine elle s'est posée, Hakim a dit :
- Déso, les gos, finalement je suis attendu ailleurs. Louisa, je t'appelle.

Il me regardait comme si je n'étais pas là.
Comme si on pouvait voir à travers moi.

Il n'a jamais appelé.
De toute façon, je n'ai pas envie d'être sa go ou de le revoir.
Je me demande pourquoi il a dit je t'appelle si c'était pour ne pas appeler. Qu'est-ce qu'il avait à dire ? D'autres trucs sur Arthur ?

Avec Nada, on a bu nos Liptonic et pendant 1h30, elle m'a limé les ongles jusqu'à faire disparaître la résine et la glue. C'était gentil parce qu'au snack d'à côté, une vendeuse a perdu un ongle dans un croque-monsieur et ça a été la crise.
Et le bruit de la lime et les mains de Nada sur les miennes, ça a calmé un peu.

Ce que j'aurais dû faire :

→ rentrer chez moi
→ remonter avec Nada charger son tél
→ dire à Hakim d'aller manger ses morts quand il a dit « des 3èmes ».

Ce que j'ai fait de bien :

→ arrêter de parler d'Arthur

CHAPITRE 8

Tu veux pas d'moi,
Tu veux pas d'nous,
Mais tu veux pas l'dire en face.
Damso, *Morose*

Arthur – 7 août, 20 h 04

– Ça va, Arthur ? C'était bien, Camogli ? me demande Pao.

– Impeccable, je réponds en lui faisant la bise.

On est à la gare routière de Marseille et je dépose mon sac de voyage dans le coffre grand ouvert.

– Tu me permets d'aller marcher jusqu'au parvis ? J'ai besoin de me dégourdir les jambes, je dis à Pao.

– Je te permets. Je fais demi-tour et je te récupère à l'arrêt minute.

– Yes.

Je traverse le hall de la gare en courant, direction l'esplanade. Ça me détend les pattes après dix heures de bus. Dix heures, dont trois à lire le roman offert par Pao – *Mon traître,* la vie de Tyrone Meehan, un homme dont la vie a été une poudrière. Ensuite, trois heures à écouter de la musique. Deux heures à écouter mes voisines de derrière, deux Américaines qui ont trouvé la côte d'Azur (aka *French Riviera*, en anglais) *soooo amazing*.

Le bus part de Gênes et longe toute la côte en passant par Sanremo, Monaco, Nice, Cannes, Saint-Tropez, Toulon. C'est vrai que c'est spectaculairement *amazing*, ces routes en lacets qui bordent la mer étale et les rochers. Ajoutons à ça deux heures à dormir, et ça fait dix heures.

En réalité, si on enlève les deux heures de sommeil, j'ai passé huit heures à lutter de toutes mes forces pour ne pas penser à Louisa.

Louisa qui ne me répond plus depuis une semaine. Qui me rend dingue, et être dingue, ça me fatigue, ça me déconcentre.

Ça fait une semaine que je me réveille de mes siestes éclaté de fatigue, que je n'ai pas envie de manger (alors que la bouffe italienne est la première merveille du monde). Une semaine que je galère à nager d'une plage à l'autre. Et quand on est à table tous ensemble le soir, après le deuxième service, je trouve que mes cousins parlent trop fort, et que la lumière est trop aveuglante.

Je suis en train de devenir un petit vieux aigri qui trouve tout bruyant, même l'Italie.

Hier j'ai dû interrompre une balade sur le sentier rocheux et je suis reparti en train comme un touriste...

Louisa, je lui ai simplement demandé si elle serait d'accord pour qu'on se voie bientôt, et depuis elle ne répond plus. Pourtant, je n'ai rien écrit de scandaleux ou qui pourrait me faire passer pour un forceur :

> **Moi :** On se voit bientôt ? Si ce message te saoule, oublie-le. Je passerai mon chemin, je ferai ma vie (réf au morceau de La Gale (tu l'as aimé ou bien ?))

Je n'ai pas insisté.

Je passe mon temps le téléphone vissé à la main et tout le monde m'écrit. Mes potes d'aviron pour ne parler de rien, Hakim pour me parler de ses Suédoises – ça, c'est la bonne nouvelle : Hak' ne se tape que des Suédoises et des États-Uniennes, pas un mot sur Louisa, pas une story avec Louisa, ni même Nada. Fred Robert veut savoir quand je rentre, Pao veut des nouvelles de la famille. Tout le monde veut causer avec moi, sauf Louisa.

La vie fait sa sale race, elle me donne tout (l'Italie) et se garde pour elle ce que je veux vraiment (des nouvelles de Louisa).

Sur les dalles blanches du parvis de la gare, on voit tout Marseille. Les collines, la Bonne Mère, les immeubles beiges et anciens, les tours récentes, les vendeurs de shit (et plus si affinités) et, aussi, la Méditerranée.

Putain, Marseille, comme tu m'as manqué. Marseille, toi qui sais ce qui se passe dans la tête de Louisa.

Je m'effondre sur le siège passager.

– Mam n'est pas venue ? je demande à Pao.

– Bien vu, l'aveugle.

Elle me regarde dans les yeux au lieu de démarrer alors que ça klaxonne derrière. Pao, je la connais par cœur, sa tête de « Tu vas pas kiffer ce que je vais te dire ».

Cette tête-là, avec mâchoires serrées, bouche en cul de poule et nez tordu.

– Parle, Pao.

– Papa est là ce soir. Il repart demain matin. Maman te propose de faire comme si de rien n'était. Elle veut qu'on dîne comme une famille normale et que toi et moi, on soit « corrects ». Voilà, j'y suis pour rien, je ne suis que la messagère.

Depuis fin mai, je me suis toujours débrouillé pour ne pas remanger à sa table. Grâce au cabanon, j'arrive à l'éviter. Je saute le petit-déjeuner et je dîne après ou avant lui.

– OK, bah dépose-moi ailleurs.

– Où veux-tu que je te dépose ?

Plein de gens pourraient m'accueillir : les potes de l'aviron et des gars de ma classe. Tous des amis qui ne poseront pas de questions et dont les parents me disent toujours que je suis le bienvenu chez eux.

La meilleure manière de voir si c'était des paroles en l'air reste de demander l'hospitalité.

Mais les prévenir à 20 heures, ce n'est pas correct.

Le seul qui s'en fout, c'est Hakim. Il est là tout l'été mais squatter chez lui, ça veut dire croiser Nada (ils habitent dans le même immeuble), et Nada, ça veut dire Louisa. Et je ne suis pas prêt à la voir là, tout de suite sans préparation mentale.

Même si ce serait pas mal de lui demander pourquoi sa pote Louisa me ghoste.

Nada doit connaître la teneur de l'embrouille.

– Chez Fred le ouf.

– Hein ?

– Fred Robert. Son surnom, c'est Fred le ouf.

– Pas mal, le surnom. Ça lui va bien, dit Pao.

Ça me fait soupirer. Pao est la meuf que j'estime le plus sur Terre. Pas parce que c'est ma grande sœur, mais parce qu'elle assure. Et le fait qu'elle valide le surnom inventé par Louisa me fait aimer Louisa encore un peu plus fort.

– Mais ça ne marche pas. Parce que papa va te voir et que ça va gêner tout le monde. Les apparences, Arthur, les apparences, c'est ça qui tient la famille ! Allez, Arthur, on dîne avec eux. Tu racontes l'Italie et comment Nonno et Nonna t'ont gavé de cannolis et de tiramisu pendant un mois. Tu leur racontes comment Nonna t'aime plus que le pape aime Dieu et ça va filer tout seul. Moi aussi, ça me gonfle, mais, si on s'assoit un soir à table, on est tranquilles pour six mois. Après manger, tu me racontes un peu tes bails.

– Ça fait longtemps qu'on ne dit plus « les bails », mais OK. Et toi, ça va la vie, ma sœur ?

Elle rigole toute seule.

– Moi, j'ai bossé à Paris en stage pour le journal *Passion grands gibiers*. J'ai eu le droit de réaliser un reportage entier sur la fin du confinement et la prolifération des sangliers en forêt primaire.

– Désolé pour toi que tu aies dû faire ton métier, ma vieille, je dis.

Chez nous, on ne se plaint pas. Se plaindre, ce n'est pas Celentano. Mais se plaindre, ce n'est pas Lerip non plus. Quand on était petits, papa disait : « Arrête de t'écouter, tu risquerais de t'entendre. » Je ne sais pas pour Pao, mais moi je fais souvent ça. Je n'écoute pas ce que j'ai à me dire.

Même quand j'ai ramé quatre heures, que mon dos me tue, que je peux à peine porter ma fourchette à ma bouche, je ne dis rien.

Je passe beaucoup de temps à me forcer à me taire.

Mais, depuis Louisa, je n'arrête pas d'entendre ma tête, mes bras, mes oreilles la réclamer.

Pao augmente le son de la musique.

Cerveaux dansent, donc on débranche, autodéfense, plus rien de sensé
Sang dans ma tête, bouche, faut que j'me taise, que j'l'ouvre, okay
Trop de tes questions brusquent, beaucoup de pression, muscles
Trop d'stress, peu d'émotions
Agression à chaque réflexion, balles
Oppression, attaques, restrictions, black
Tu veux pas d'moi, tu veux pas d'nous mais tu veux pas l'dire en face

Louisa adore ce mec. Un rappeur belge qui a un flow et un son qui tuent. Mais qui chante des trucs hardcore. Le mec traite littéralement les meufs de sacs à sperme. Je n'ai pas eu le temps de demander à Louisa pourquoi elle l'écoute, alors que ce mec est un misogyne de première catégorie.

– Pao, comment une femme peut écouter Damso ? Ça me fera toujours halluciner.

– Les voies du rap sont impénétrables.

Celles du rap et celles de Louisa, aussi.

*

* *

Je dépose mon sac dans ma chambre. Je prends une micro-douche et je plonge dans la piscine. Avec Pao, on a un jeu de gosses. On s'allonge au fond de l'eau, et on expire de grosses bulles. Elle a toujours été plus forte que moi, mais, ce soir, je reste plus longtemps au fond.

Quand on sort la tête de l'eau, mon père est sur la terrasse. Mocassins, pull sur les épaules, et dégaine de propriétaire. Mon père dans toute sa splendeur.

– Salut, les enfants. Vous vous habillez avant de passer à table ?

On s'exécute. Quand il est là, on a toujours huit ans et on doit obéir, alors on dîne habillés comme il faut. Quand il n'est pas là, on se balade en paréo, en caleçon. Ce soir, je porte un débardeur pour ne lui laisser aucune possibilité de me plaquer contre la baie vitrée.

Ma mère porte une robe super jolie et elle sourit, mais tout son corps est crispé. On dirait qu'elle vient de gober un oursin et qu'elle essaie de l'avaler en silence.

– Alors, fils, l'Italie ?

– *Perfetto.*

– Toujours partant pour intégrer la Bocconi ?

Un jour, j'ai dit que je voulais faire des études de commerce à Milan dans une université prestigieuse. Depuis, c'est devenu mon projet aux yeux de mon père.

– Euh... pourquoi pas, je dis.

Il me donne une accolade dans le dos qui fait trembler la table du dîner. Un truc bien viril comme si je revenais de la guerre, que j'avais fait quelque chose d'honorable pour la patrie et notre famille. Je souris comme une Miss France et je raconte les vacances.

Les dîners tard le soir dans la nuit de Camogli, les habitués du restaurant, les vieux qui ont succombé à la maladie mondiale, les courses de bateaux, les feux d'artifice, les ragots sur les cousins, les cousines. La rengaine habituelle du retour de vacances.

On dîne de minestrone, une soupe de pâtes aux haricots, et de tomates.

– Elles viennent de chez les voisins, précise ma mère.

– Je pourrais planter des trucs, si tu veux, Anto, dit mon père à ma mère.

Il n'en pense pas un mot. Il le dit pour qu'on le croie, pas pour le faire.

– Bonne idée, dit ma mère.

Pour être « correct » jusqu'au bout, je devrais demander à papa comment ça va. Mais pas la peine : il mâche la bouche pleine avec un enthousiasme qui ne laisse aucune place au doute : les affaires sont bonnes. Je suis à peu près certain que ses bateaux se vendent comme des petits pains.

*

* *

À 23 heures, Pao vient me voir dans le cabanon. On parle de tout et de rien. Je pourrais parler de Louisa mais je crois que même elle ne pourra pas m'aider.

Avant de partir, elle me dit :

– Tu dormiras où quand il fera froid ?

– Et toi tu feras quoi à la fin de ton stage ?

– On est dans de beaux draps, toi et moi, dit-elle en fermant la porte derrière elle.

En tout cas, j'aime l'odeur de mon cabanon : citronnelle et CBD.

*

* *

Arthur – 8 août (le lendemain)

Il est 11 h 30 quand je quitte la maison. Mon père est parti pour un mois ce matin, son 4 × 4 a dégagé de l'allée devant la maison et ça a fait du bien à tout le monde.

J'y vais à pied. Le temps d'arriver sur la corniche près des stands de glaces et de churros (spécialité du coin), il est midi. À l'heure du déjeuner, je pourrais sûrement lui parler plus facilement.

Personne ne mange une glace avant de déjeuner.

J'ai mis un short en jean tellement usé que j'ai l'impression de porter une deuxième peau (dans le *Drag Contest*, ils disent ça pour les costumes confortables : une « seconde peau » – mais ça marche aussi pour les vieux shorts). J'ai enfilé un tee-shirt blanc, encore avec Marcello dans son bain. Le blanc fait ressortir mon bronzage. Je me suis lavé les dents deux fois et j'ai renoncé à me parfumer. Un look normal pour ne pas dévoiler mes intentions : mourir dans ses bras.

La camion Galaxy Glaces est là – il est beau –, il est comme sur la photo Insta (j'ai exploré toutes les pages Insta de tous les marchands de glaces de la corniche jusqu'à trouver celui du dénommé « Joe »), un peu style rétro, tout en tôle grise qui brille, tout rond, avec un toit rose et blanc. Le patron a bien réussi son coup, parce que ce camion, rien que le voir, ça donne envie de manger sucré.

Je prends une grande bouffée d'air chaud et j'y vais. Louisa est plongée dans une demi-pénombre.

– Bonjour, je dis.

Elle lave son comptoir, répond « Bonjour », ne reconnaît pas ma voix, met du temps à relever la tête. Quand elle me voit, elle fait un petit mouvement de recul qui me fend le cœur en mille morceaux.

– Bonjour, elle répond à voix basse.

Mais c'est par politesse, parce que son patron est là.

Elle porte un tee-shirt *Galaxy Glaces* avec une glace brodée. Je souris et je me sens con avec mon bronzage de croisière et mon tee-shirt trop blanc.

– Bon, je te laisse, je vais faire de la monnaie à côté, dit le patron.

Il est vieux et pas hyper séduisant, mais il n'a pas l'air vicelard non plus.

– Ça va, Louisa ? je demande.

– Je te sers quelque chose, Arthur ? Sinon il faudra que tu te tailles, elle me répond en fixant son patron qui s'éloigne.

– Ce que tu veux.

– T'es venu prendre une glace, peut-être ? T'es là par hasard, c'est ça ?

Elle relève la tête et me fixe. Et si ses yeux pouvaient jeter des lames de rasoir, je crois que je finirais lacéré.

– Non. Je veux savoir pourquoi tu as arrêté de m'écrire.

– On ne se connaît pas. On se parlait un peu, on a arrêté, tu ne vas pas appeler la police pour disparition suspecte. Je veux JUSTE plus te parler.

– J'aimais parler avec toi. Ça me manque.

Elle ne répond pas. Elle attrape un énorme cornet et prépare une glace italienne fraise-vanille hyper bien torsadée qu'elle me tend.

– J'ai appris des trucs pas jolis-jolis sur toi, elle lâche.

« Pas jolis-jolis ? »

C'est quoi, cette histoire ?

– Comment ça ? Quels trucs ? je demande.

– Des trucs qui donnent pas envie de parler avec toi.

Son patron revient. Il a les deux mains posées sur une banane autour de sa taille et qui doit contenir sa monnaie.

– Louisa, c'est l'heure de ta pause. Prends-toi un sandwich à côté et reviens d'ici 20 minutes, 30 même. C'est calme aujourd'hui. Même pour les glaces, il fait trop chaud.

Il est sympa. Il a dû comprendre qu'on avait des choses à se dire. Il a senti son camion se transformer en poudrière et il a voulu s'éloigner.

Louisa retire son tablier et descend par une porte latérale.

Elle porte des vieilles Nike Air+ défoncées, un short en jean délavé. Elle a un corps de rêve, les cheveux détachés qui tombent au milieu du dos. Elle est encore plus renversante que dans mon souvenir, j'ai envie de crier tellement je me sens en vie quand elle est là. Mon cœur bat fort et je le sens dans chaque parcelle de mon corps. Même si elle me regarde comme si j'étais un sac poubelle plein d'ordures qui goutte sur le carrelage.

J'ai le bout des doigts qui pique.

– On va où ?

Aucune réponse. Elle a l'air de détester ce qui se passe, elle marche deux mètres devant moi, les yeux rivés au sol.

– On se pose là, dit-elle en désignant un banc dégueulasse, 100 % béton, en plein soleil sur un parking qui pue la pisse.

J'ai imaginé la scène cent fois mais je n'aurais jamais pensé à un décor aussi glauque. Face à nous, la mer est luisante et grasse. Le soleil tape à travers mon tee-shirt. Elle a fait exprès de choisir le pire endroit de la corniche pour écourter la discussion.

– Je t'offre un café en face ? C'est climatisé.

– Tu m'offres rien, toi, elle me répond.

– Bah alors, on se paye chacun notre conso.

Elle se lève et je la suis au fond d'un bar. Des ventilateurs rafraîchissent la pièce. Louisa sent la noix de coco. Je me sens débile. J'essaie de planquer mes pieds et mes chaussures neuves sous la banquette.

– Puis-je savoir de quoi je suis accusé ? je demande.

– C'est la meilleure. C'est toi qui fais le charo, et c'est moi qui dois te raconter tes merdes.

– J'ai droit à une défense, tout de même.

À sa place j'aurais envie de me claquer le beignet. Ce que je viens de dire est très énervant. On dirait les potes journalistes de Pao qui font des blagues qu'ils sont les seuls à saisir.

– Paraît que t'as largué ta meuf par SMS dans un bus qui allait en Italie.

– Pardon ?

– Alors, y a deux problèmes. On ne largue pas les meufs par SMS. Et pourquoi tu ne m'as pas dit que t'avais une maison en Italie ?

– Je n'ai pas de maison en Italie. Mes grands-parents vivent là-bas. Ma mère est italienne.

– OK. Ça, tu n'y peux rien. Mais tu aurais pu me le dire. On a parlé et t'as jamais dit où t'étais... T'as honte d'être riche ou t'as juste pitié que je vende des glaces dans un camion ?

– Non. Tu ne m'as pas posé la question. Et Cléo n'a jamais vraiment été ma copine. On s'est vus quatre fois, je n'ai pas couché avec elle et je ne lui ai rien promis. Et, ce jour-là, elle n'a pas voulu que je l'appelle ou que j'attende de la voir pour lui parler. Elle a dit qu'elle sentait un truc bizarre. Et elle m'a demandé de lui dire par SMS. Je n'ai pas voulu et elle a dit que, si un jour elle avait le cancer, ou que quelqu'un mourait, elle préférerait le savoir tout de suite. Que l'attente, c'est pire que tout.

– Je la comprends. Quand on va se faire tirer dessus, pas la peine que le tueur mette de la belle musique et des beaux habits.

Elle a parlé moins vite. Elle a relevé la tête, et je vois dans ses yeux les éclats jaunes, des losanges noyés dans le vert.

C'est beau, ce qu'elle vient de dire. « Quand on va se faire tuer, c'est pas la peine que le tireur mette de la belle musique et des beaux habits. » À moi d'enchaîner maintenant.

– Alors j'ai dit à Cléo que je n'étais pas amoureux d'elle. Que j'avais une autre fille en tête.

Je lui donne mon portable pour lui montrer nos derniers échanges avec Cléo.

– Regarde si tu ne me crois pas. Si ça fait de moi un charo, alors OK, je suis un charo de la pire espèce. Mais j'ai juste dit la vérité.

Elle lit les messages en faisant mine de ne pas s'y intéresser.

– OK. Eh bien, quelqu'un raconte n'importe quoi sur toi. Tu veux savoir qui m'a raconté ça ?

– Non, je ne veux pas. Tu veux aller te balader avec moi ce soir ?

Et c'est vrai, je m'en fiche que Cléo ou une de ses copines ait mal parlé de moi. Ça passera à la rentrée ou à la Toussaint. Ça passera.

– Nan, ce soir, je fais mannequin d'ongles.

CHAPITRE 9

I can still feel the love
I can still feel the love
I can still feel the love
Feel the love
Kid Cudi-Kanye West, *Feel the Love*

Louisa – Dimanche 21 août, 10 h 17

Allongée sur une serviette, je fais des abdos avec une application de sport qui me donne des conseils : « Dos bien droit, nombril aspiré et on ne bloque pas sa respiration. On expire en remontant. Voilà. Bravo », dit la voix.

J'aime bien. C'est 1,99 € par mois avec le premier mois gratos. Ça enregistre toutes les performances. Depuis la fin du confinement, je ne suis pas retournée courir sur la corniche. Même tôt le matin, je risque de croiser du monde. Alors les abdos et le Pilates, ça remplace.

Ma mère toque et entre avec un petit plateau et deux tasses de café.

– Salut, ma Loulou.

– Salut, je réponds en expirant.

« Ta séance s'achève. Bravo, Louisa. Prends une grande inspiration et remercie-toi. Et n'oublie pas de t'hydrater. »

On se marre un peu toutes les deux. Maman pose le plateau par terre.

Dessus est écrit : « Sydney » avec une photo montrant un pont et un bâtiment au bord de la mer d'Australie. Je ne sais pas laquelle c'est. Je suis nulle en géo et c'est pas écrit dessus.

Le bâtiment est énorme avec un toit incroyable en sept morceaux. On croirait des coquillages superposés.

Quand j'étais petite et que le chelou déboulait, je les comptais dans ma tête.

C'était souvent le dimanche et vers 17 heures. J'attrapais un gros mal de ventre juste en repensant à l'odeur qu'aurait la classe le lundi.

Ça sentait le chauffage et le chimique des feutres.

Alors, je comptais plusieurs fois très vite les drôles de coquilles sur le plateau :

1 2 3 4 5 6 7

1 2 3 4 5 6 7

En CM1, j'ai connu Nada et le chelou s'est calmé un peu jusqu'à la quatrième.

J'avais entendu dire que la quatrième est une classe difficile. Tous les profs me l'avaient répété des dizaines de fois. La classe de quatrième, c'est la fin du par-cœur, il faut être attentive, et le programme de maths est bien tendu.

Le prof de maths m'avait même dit qu'il pensait que ce serait trop dur pour moi.

Toutes ces remarques m'ont porté malchance. C'est cette année-là que le chelou s'est installé en force.

– J'aime bien ce plateau, je dis à ma mère.

Et je ne peux pas m'empêcher de compter les bouts de toit sur mes doigts.

– C'est ton père qui me l'a offert.

Je déteste l'entendre parler de mon père.

(Je n'ai pas de père, pourquoi on parlerait de lui ? C'est juste un inconnu qui a couché avec ma mère et qui a eu un accident de voiture.)

– OK.

– Tu ne veux toujours rien savoir de lui ?

– Rien.

Tout ce que je sais, c'est qu'il était mi-belge, mi-algérien et qu'il est mort. Mais, quand il est décédé (ma mère dit « décédé »), il était déjà reparti en Belgique sans moi. Il envoyait 100 euros pour Noël comme si j'étais sa filleule ou sa nièce préférée. Donc tout ce qui a disparu pour moi à sa mort, c'est les 100 euros. Je ne vois pas ce que ça pourrait m'apporter de savoir ce qu'il aimait comme musique ou quelle gueule il avait.

Le père de Dina, il s'est séparé de ma mère pour disputes permanentes, mais il a toujours voulu voir sa fille un maximum.

– OK. Bois avant que ça refroidisse, c'est du Nescafé spécial capuccino. Tu la sens comment, cette rentrée en seconde ? Ça va aller ? me demande ma mère avec sa tronche de « Je ne suis pas rassurée ».

– Je n'y pense pas encore.

– Et ton moral ? Il est bon ? Tu ne fais plus de crises de euh... ?

Elle n'arrive pas à dire « crises d'angoisse ».

– Crises de chelou ? On peut les appeler comme ça si tu veux.

– Oui, si tu veux.

– Non.

– En tout cas, c'est chouette. Tu as l'air heureuse. Joe est content de toi, c'est bien.

Depuis le 8 août, je n'ai plus refait de grosses erreurs. Et, depuis la semaine dernière, je compte la caisse.

Mon téléphone vibre. Comme une espionne, ma mère tourne la tête et mate l'écran. C'est une fureteuse de première catégorie.

– Qui est A. ?

Avec ma mère dans les parages, jamais je n'aurais écrit un nom de garçon en entier.

– Une nouvelle pote.

– Elle a l'air de te rendre heureuse, cette pote.

– C'est une pote, quoi.

– Tiens, je t'ai mis de nouveaux échantillons de monoï de côté. Tu pourras en donner à ta copine.

– Oui. Il est bon, le capuccino.

– T'as des goûts de luxe, ma fille. Le capuccino, c'est plus cher que le café de base. Plus tard, faut que tu gagnes de l'argent.

Faut que tu passes en première générale, absolument. Moi, je suis passée en bac pro et on m'a orientée vers la parfumerie, alors que bon, vendre des crèmes et des parfums, ce n'est pas mon truc.

– Et qu'est-ce que je vais faire avec un bac général ?

– Un bon métier.

– Comme ?

– Opticienne, institutrice, infirmière.

– C'est des métiers hyper différents...

– Oui, justement. Tu n'auras pas à décider trop tôt. C'est ça, le luxe, avoir le choix.

– Allez, merci pour ces conseils, maman. Mais, là, je dois prendre une grande respiration et ensuite aller me doucher.

Elle quitte ma chambre et je me précipite sur mon téléphone.

A : tu m'as mis exactement 10 râteaux. Je fais quoi alors ? Je continue de te proposer d'aller te balader ou j'essaie d'oublier que tu existes ? Mais c'est bête car je ne t'oublierai jamais.

A souhaite partager cette chanson avec vous : Feel the love sur Spotify.

Je ne sais pas si j'ai envie de le voir. Il me plaît, ça c'est sûr, mais je ne sais toujours pas pourquoi il ne m'a pas dit qu'il était le voisin de Fred le ouf. Pourquoi il ne m'a pas dit qu'il la connaissait par cœur, cette vue sur la mer, quand on était tous les deux dans le petit jardin ?

Alors c'est clair qu'il est beau comme une fleur qui veut pas faner mais bon, Hakim aussi, et on voit où ça m'a menée.

Je vais sur YouTube, j'attends la fin de la pub et j'écoute sa chanson. Ça envoie cinq notes de synthé en boucle. Ça s'appelle un « thème ». Sur le thème, un mec rappe en anglais. Je ne comprends pas les paroles. Il répète des trucs en boucle.

Ensuite, il parle. Évidemment, je ne capte pas, mais je reconnais quatre mots.

Il dit *woman – nigger – you – rapper.*

Ça sent le vieux compte à régler.

Rien de dingue mais soudain, un deuxième mec vient ruiner le morceau. J'avoue, lui, je ne l'avais pas vu venir. Il envoie des ga ga ga, la, ra ta ta ta, des wo wo wooo. Ils semblent se battre pour occuper la meilleure place dans la chanson.

Et puis le calme revient.

Et les mêmes mots du début en boucle.

Je regarde les paroles affichées en dessous

I CAN STILL FEEL THE LOVE

(*J'arrive encore à sentir cet amour.*)

Moi : pourquoi t'aimes cette chanson ?

A : parce qu'avant, je ne ressentais rien, et maintenant je sens l'amour, comme dans la chanson.

Je crois, mais je ne suis pas sûre, que c'est moi l'amour dont il parle.

Ça fait plusieurs indices, il m'écrit tout le temps, il a dit qu'il avait une autre fille en tête quand il a largué son ex-copine Cléo. Il m'envoie des chansons qui parlent de *love*, que de *love*, rien que de *love*.

Moi, en général, les mecs, ils me font des remarques sur mes seins et ils demandent à Nada s'il y a moyen de gérer un date avec moi. Et, là, ils se prennent un gros missile et on n'en parle plus.

Parfois en cours ou dans les couloirs, je les entends parler de mes seins, mes fesses, de ce qu'ils voudraient me faire.

Ça me dég.

Mais lui, il ne fait pas ça.

Et, quand il est venu chez Fred le ouf ou au camion, il était tout seul.

Alors peut-être qu'il est sincère.

Moi : tu sens ou tu ressens l'amour ? Et pour qui ?

A : Les deux. Pour toi.

Moi : Ok, rdv ce soir.

A : Putain.

Moi : Quoi ?

A : J'ai des fourmis partout.

Moi aussi, je suis contente. Pas rassurée, pas calme. Je me sens de toutes les couleurs. Mais cet endroit de mon corps entre mes jambes est aussi plein de fourmis.

*

* *

Même jour, 20 heures

Je retrouve Arthur place de l'Église. Des petits jettent des gâteaux à deux mouettes qui se battent. Ils chantent : « Perds, perds, perds, perds ». Puis : « gagne, gagne, gagne ». Et les mouettes se donnent des coups de bec en mode grande violence. Le bruit que ça fait est tout sec, mais il n'y a pas de sang qui gicle.

Ils ont l'âge de Dina. En fait, j'aurais pu tomber sur pire que Dina. Cent fois.

– Salut, Arthur. Je te le dis direct, faut qu'on bouge, ça me fait bader, le combat de mouettes.

Il me fait une bise sur la joue comme si on était de la même famille.

– Salut, Louisa. Tu veux aller où ?

– Pas à la plage, je réponds.

Trop de plage, trop de monde, trop de clients, trop de souvenirs.

– OK, chemin de la Nerthe, ça te dit ?

C'est un long chemin qui mène à une colline pleine de garrigue.

– Allez.

On passe à côté de chez moi. La voisine me fait coucou. Je lui fais signe de ne rien dire avec mon doigt bien à la verticale sur ma bouche et mon nez. C'est dangereux d'emprunter ce chemin, car ma mère est là et elle me croit chez Nada. Mais je veux qu'Arthur sache où moi j'habite.

– Je vis ici avec ma mère et ma sœur.

– Ah, moi aussi, j'ai une sœur.

On donne leurs prénoms en même temps.

– On est demi-sœurs, nous, j'ajoute.

– Ah, pas nous.

– Tu connais la vue de chez moi, maintenant. Et toi ? C'est comment, chez toi ?

Il se racle la gorge :

– Moi, je vois mon jardin et la mer. En fait, j'habite à côté de chez Fred le ouf. Je ne t'avais pas dit. Je ne sais pas pourquoi, c'est idiot. Je voulais pas que tu me prennes pour un bourgeois.

Son aveu chatouille le même endroit entre mes jambes.

(En fait, ça l'engourdit.)

Je suis contente, soulagée, mais pas totalement.

On marche vite et en silence. Il a toujours cette odeur de lessive et une autre bizarre que je n'arrive pas à reconnaître. Moi, j'ai mis du monoï et je regrette un peu. Quand je bouge, ça sent la noix de coco tout autour de moi. On grimpe la petite colline. Là-haut, ça sent la racine chaude. Et, au sommet, on voit la ville d'en haut et la mer qui s'étale jusque je ne sais pas où (Corse ou Italie).

On s'assoit tous les deux et on regarde devant.

– C'est beau, l'Italie ? je demande.

– Oui.

– Raconte.

Il raconte l'Italie, les villages « à flanc de collines ».

(Je ne sais pas ce que ça veut dire et j'ai peur d'oublier l'expression, et si j'oublie l'expression alors je ne pourrai pas vérifier sur Internet ce que ça veut dire.)

Il parle aussi des couleurs des façades des immeubles, de la foule l'été, plein de familles, de la mer chaude, de la nourriture. Il dit que, pour lui, l'Italie c'est l'odeur de friture et des polpettes qui mijotent, ou le grand café-restaurant que « possède » sa famille.

– C'est cool, ça donne envie.

– Je parle trop, désolé.

– Nan, j'aime bien que tu parles.

– Tu peux me poser d'autres questions.

J'en ai trois :

- Il est grand comment, le restaurant ?
- C'est quoi, cette odeur en plus de la lessive et du parfum ?
- Est-ce qu'il dit toujours ce que les filles veulent entendre ?

(Je voudrais avoir la grande bouche de Nada pour poser plein de questions sur tout ça.)

– Et tu crois que tu pourrais me raconter un truc que j'ai pas envie d'entendre... un truc sur moi, par exemple ? je demande.

Un vrai truc. Un truc gênant mais vrai. Un truc qui pourrait me faire partir.

– Pourquoi ?

– Je veux savoir si tu es capable de dire la vérité, je réponds. Si tu dis à voix haute un truc que tu devrais plutôt dire dans mon dos, ça prouvera que t'es... honnête.

Il prend une grande inspiration, regarde ses chaussures toutes pleines de cuir et dit :

– Tu fais des fautes d'orthographe.

(Uppercut dans l'estomac.)

– En fait, c'est la première chose que je remarque quand tu m'écris. Et je m'en veux de bloquer sur tes fautes. Parce que le fond de tes messages, il est toujours... au-dessus des étoiles.

Des colonies de fausses fourmis parcourent mon corps. Je suis choquée, vexée, mais au moins il a dit une vérité. Avec son adresse, ça fait deux.

– T'es en colère contre moi ? demande Arthur.

– J'essaie de ne pas être en colère contre toi mais j'ai besoin de trois minutes.

Il prend son téléphone et lance un son.

Allons zenfants de nos quartiers,
Ne nous laissons pas dénigrer.
Même la statue d'la Liberté a le statut d'immigré.
Aucun de nous ne va re-émigrer, du Pas-de-Calais aux Pyrénées.

On est inscrits dans leur pedigree.
Ne mets pas trop d'pression,
J'ai d'jà tout un tas de problèmes.
L'hymne de la nation, j'vais le réécrire moi-même.

Il reprend la parole sur les dernières notes de la chanson.

– Je m'en fiche de tes fautes, Louisa. Je suis amoureux de toi. Dès que je t'ai vue, je suis tombé fou de toi. J'ai envie de passer du temps avec toi. D'être avec toi. De parler, de me balader, de faire ce que tu veux. Quand tu as arrêté de m'écrire, j'étais perdu. C'était comme s'il y avait plus d'Italie, plus rien.

Des larmes apparaissent, elles sont toutes fines, elles ne veulent pas couler.

– Tu sais pas pleurer, Arthur. Et tes chaussures sont à clouer au sol. Et aussi je déteste que tu n'aies pas dit que t'étais en Italie et que de chez toi on voyait la mer. C'est nul de mentir sur ce qu'on est.

(Je suis fière de moi.)

(Je me demande si c'est moi ou Nada qui vient de parler.)

– Je jure de toujours te dire la vérité, dit Arthur avec ses micro-larmes. Et toi ?

– Je jure de ne pas mentir.

– C'est pareil, répond Arthur.

Mais clairement ce n'est pas pareil.

CHAPITRE 10

Et comprendra qui pourra, les histoires d'amour sont rares.
Beaucoup en rêvent le soir, j'vais t'raconter une histoire :
Y a deux personnages qu'on nommera lui et elle,
Chacun vivant dans une cité qui pourrait être la tienne...
Disiz la Peste, *Ghetto Sitcom*

Arthur – 1er septembre

Discuter ensemble sous les étoiles, lui dire au revoir en l'embrassant sur sa joue rebondie en mode baiser pré-amoureux (le terme est de moi, qui va me dire quelque chose : je suis amoureux, personne ne peut rien me dire), aller tous les jours de l'été manger une glace au camion et même parfois boire un café au bar des *Potes* avec elle sur la banquette pleine de trous, tout ça n'a pas calmé la tempête dans mon ventre.

Plus je passe de temps avec elle, plus je l'aime.

C'est même pire depuis la soirée à la Nerthe. Depuis qu'on se voit. Depuis que Louisa existe face à moi. Je pense tout le temps à elle. Je pense à elle dans tous les sens. Juste penser qu'elle existe et qu'elle est là quelque part me chauffe les joues. J'ai la maladie du trop de sentiments.

Si c'est ça l'amour, je ne vois pas comment le monde peut tourner, comment les gens peuvent se lever le matin, vendre des trucs, donner des cours, laver les rues.

Toutes mes hypothèses de cet été ont été validées. Elle est surprenante, elle parle comme personne, je ne sais jamais ce qu'elle va dire. Elle est putain de drôle, elle connaît des tas de trucs sur l'importance de faire de belles glaces pour la vie des clients ; sur le rap ; sur les gens (elle a fait des typologies de clients hilarantes) ; sur la solitude et sur les faux ongles. Apparemment, les faux ongles sont si lourds que ça modifie tous les gestes des filles.

Je l'aime. Putain, j'aime cette meuf. Ses ongles rongés, ses cheveux bruns, ses silences. J'aime tout, sauf quand elle part. Quand elle part, elle reste dans mes pensées.

Aujourd'hui, c'est la rentrée. À 8 heures, le proviseur nous a réunis dans la cour, chacun-chacune à un mètre de distance et avec le masque.

Il a donné des informations sur la situation sanitaire et des instructions : masque obligatoire, gel à disposition et distances de sécurité. Ensuite, il a expliqué ce qu'était une cohorte : un groupe de personnes qui vivent ensemble et meurent ensemble.

Putain de cohorte qui déjoue mes plans. Je n'ai plus aucune chance de croiser Louisa au lycée. En gros, en journée, on aura des horaires définis pour tous les élèves de première. On arrive en cours en même temps, on repart en même temps et on mange entre premières. Idem pour les temps de pause, on reste entre gens nés la même année.

On ne croisera jamais les secondes, ni les terminales.

Ceci est l'œuvre d'un sadique sans imagination, mais :

– C'est ça ou une nouvelle vague de virus, a prévenu le proviseur. Et vous êtes là pour bosser, je vous rappelle.

Il est 10 heures, le premier cours de l'année se termine. Celui de français. Une voix trop perchée, un enthousiasme archi forcé. Elle parle en souriant, ça se devine à ses yeux qui se plissent malgré le masque. Elle s'adresse à nous comme si on était des gens malades qu'il faut convaincre que ça va. Elle nous a demandé de lui parler de nos dernières lectures et j'ai parlé des livres de Sorj Chalandon. Elle a hoché la tête comme si elle n'avait jamais été d'accord avec personne avant moi.

Si je suis honnête, il faut que je précise que cette phrase – « Comme si elle n'avait jamais été d'accord avec personne » – est de Louisa. Elle l'utilise pour parler des clients qui feraient n'importe quoi pour rester discuter au camion.

Avant de partir, la prof nous demande de retirer nos masques. Le masque est rugueux sur les doigts et de l'électricité statique s'en dégage quand je le remets sur ma bouche.

– Vous êtes très beaux et belles, elle dit les yeux pleins de larmes.

Et elle porte la main à son cœur. J'ai envie de demander à Louisa s'il existe une catégorie de clients qui se comportent comme s'ils étaient sur une scène devant des milliers de spectateurs.

Je ne la sens pas, cette femme.

*

* *

– Bombassss atomicassss, ça va ? balance Hakim en m'attrapant par le cou dans le couloir.

Il est dans ma classe, et c'est bien de l'avoir. Hakim, il est plutôt détendu dans son genre. Il prend tout à la rigolade et il est toujours motivé pour sortir et faire du sport.

– Au poil, frérot, et toi ?

Je ne lui dirai pas que je cherche Louisa, parce qu'il le répéterait. Et s'il répète que j'ai un crush de la taille du Brésil pour cette fille, tout le monde mettra ses sales pattes sur mon histoire d'amour pas commencée. Et cette histoire qui refuse de commencer, c'est mon secret à moi. Et le secret, quand il est beau, il se garde.

– Nickel. Je vais chercher des trucs à graille au distributeur. Je te prends quelque chose ?

– Pain au choc'. Mais magne-toi. On a dix minutes pour aller d'une salle à l'autre avec le protocole.

– Celentano, c'est ta mère le protocole.

Pourquoi j'ai envie de le baffer et de le prendre dans mes bras en même temps ? Pourquoi j'ai envie de prendre tout le monde dans mes bras et, l'instant d'après, j'ai peur de ne jamais revoir Louisa et ça me donne envie de décapsuler des têtes ? J'ai le cœur qui se détraque. Il est plein d'espoir puis triste comme pas permis. D'habitude, mon cœur est mon lieutenant le plus sûr.

*

* *

La journée passe. Rien d'important ne se dit pour les épreuves du bac. 40 % de contrôle continu et l'épreuve de français à la fin de l'année. La prof avec son sourire de tragédienne a déjà tout expliqué.

Ce midi, je déjeune avec Hakim et Ezra. Hakim nous raconte ses conquêtes de l'été.

– Celentano, t'en aurais profité aussi si tu étais sorti de chez toi, espèce d'huître, dit Hakim.

Ezra veut connaître les prénoms, les mensurations. J'écoute d'une oreille les histoires des filles pas d'ici qu'il a draguées au Super U alors que le règlement interdisait « toute approche des clientes ou clients ». Hakim a laissé son numéro à toutes les filles de moins de 20 ans qui venaient acheter de la crème solaire, des préservatifs, du Liptonic et des sardines en boîte pour des pique-niques.

Il leur donnait son numéro de téléphone avec le ticket de caisse et ça *mordait.*

– Bon, je vais chercher un autre flan, quelqu'un en veut ? je demande.

– Ouaip, disent-ils en chœur.

En m'avançant vers les cuisines, je regarde autour de moi. Et dans la file je vois Nada. Enfin, pas tout à fait. D'abord, je vois des ongles roses et des strass brillants qui s'agitent quand elle parle. Ça brille, ça attire l'œil, c'est du grand *nail art.* Et juste derrière, en train de faire la moue devant une barquette de céleri rémoulade trop jaune pour être honnête, Louisa. Elle est là et c'est comme une apparition mystique. J'ai les deux genoux qui mollissent. Louisa sous mes yeux = la délivrance = le shoot de bonheur. Comme une fontaine d'eau en plein désert. Mon cœur fait de petits bonds, un chien fou qui veut montrer un truc chouette à son maître.

Regarde, regarde, regarde, elle est là. C'est elle.

Elle porte une marinière, un short bien repassé et ses Air Max+ lavées, cirées, toutes belles.

Je souris et je fais un pas vers elle, elle a toujours sa barquette de céleri à la main. À l'oreille, je lui dis : « Ce soir, plage de la Lave, 18 h 30. » D'abord, elle secoue la tête, et ça sent la noix de coco. Puis elle hoche la tête de haut en bas, ça veut dire oui. Quand je repars, j'ai un rendez-vous avec la Reine de mon cœur et deux flans pistache. La vie est belle.

Et, même si j'entends Nada qui dit dans mon dos : « Mais le mec a pris la conf' ! », rien ne gâchera ma victoire.

*

* *

Ensuite, le temps refuse de passer. Les masques nous étouffent et finissent par nous brûler le visage. Les profs sont heureux de nous revoir.

– Si, si, je vous jure, dit le prof de maths. On vous préfère en 3D.

Moi aussi, le lycée m'a manqué. Les maths surtout, ma spécialité et mon plus gros coefficient. J'ai aussi pris sciences économiques et sociales et physique. On ne sait jamais. Des fois que je veuille vraiment rentrer à la Bocconi.

Le coefficient en maths est de 9.

Le prof commence par un test de culture mathématique :

Q 1 : Qu'est-ce qu'une fonction dérivée ?

Q 2 : Qu'est-ce qu'une relation de récurrence ?

Q 3 : À quoi sert un algorithme ?

Du tout cuit.

Il est 17 heures, tout le monde rentre chez soi et les cohortes sont mélangées devant le lycée. J'aperçois Cléo en pleine discussion avec une de ses copines. Avec ma grande taille, je vois toujours tout le monde (et inversement). C'est fou de la revoir, la même Cléo blonde, yeux noisette et beaucoup de gestes pour parler. Une cigarette à la bouche. Cléo pour qui je ne ressens rien. Juste un peu de joie, et encore.

J'entends sa voix, mais c'est comme si c'était la première fois – comme si on n'était jamais allés au cinéma, qu'elle n'avait jamais passé la main sous mon tee-shirt. Je la regarde et je vois une inconnue, ou une oubliée plutôt. Je suis incapable de me souvenir d'elle, il faut que j'y pense super fort pour me rappeler qu'elle veut étudier la philo, quitter le Sud, qu'elle a trois sœurs. Tout le reste a été englouti par Louisa.

Hormis quand je vois ses stories sur Insta, je ne pense jamais à elle. Tout l'été, elle a posté des vagues déchaînées contre des rochers avec en légende le nom de la plage + bébé.

Porto Vecchio, bébé
Saint-Lunaire, bébé

Et hier:

Marseille, bébé.

J'ai hésité à mettre une réaction. Je déteste être en mauvais termes avec les gens, surtout des filles. Mais Pao dit que, parfois, il faut accepter de ne pas toujours être le mec bien dans l'histoire. Il faut accepter que les gens nous détestent.

En me voyant, elle me fait un signe puis un sourire assez sincère. Je fais coucou. On se parlera un autre jour, mais je ne lui en veux pas d'avoir bavé auprès de Louisa. Ou d'avoir bavé auprès d'une copine qui a bavé auprès de Louisa.

*

* *

18 h 25

C'est l'heure de l'entraînement d'aviron. Mais je préfère ne plus toucher une rame de ma vie que de rater Louisa. Je descends les marches de la plage de la Lave en courant. Dans mon sac, j'ai mis deux pulls, mon maillot de bain, deux serviettes et des gâteaux. Je fixe les marches, les 39. Je ne peux pas m'empêcher de guetter Louisa, alors que niveau vue, côté face, j'ai la mer, belle.

Louisa apparaît à 18 h 29 en bas des marches, il fait 29°, et nous sommes seuls.

Le vent souffle fort aujourd'hui et il étouffe les mots que je lui crie :

– Je peux te prendre dans mes bras ?

– Quoi ? Je n'entends rien, dit-elle en se touchant les oreilles.

– Je veux te prendre dans mes bras ? je hurle.

Elle avance et sa démarche s'enfonce dans les galets. Elle a compris ce que je disais. Elle s'avance vers moi et elle se met sur la pointe des pieds et elle m'embrasse sur la joue. Ses lèvres douces, épaisses, mais fermes, je ne m'en lasserai jamais. Elle les laisse sur ma joue onze secondes. Record battu.

– On va se baigner ? elle demande.

– Ouaip.

Elle a un maillot une pièce de cours de natation sous sa marinière. C'est marrant, toutes les filles que je connais ont plein de maillots de toutes les formes et de toutes les couleurs parce qu'on passe nos vies à la plage. Mais elle, elle sort le même maillot noir que celui que porte Nonna pour cacher son corps.

Sa poitrine est aplatie par le tissu épais. Je me force à ne pas la regarder mais j'en meurs d'envie. Je devine que son corps est spectaculaire, lisse, doré avec des courbes magnifiques. Mais je cours me mettre à l'eau.

Je crawle et elle brasse. J'arrive avant elle à la balise jaune, le repère de cette plage. Et quand je la vois me sourire je sais qu'on y est. On est arrivés à ce stade de nous deux où j'ai le droit de lui demander :

– Je peux t'embrasser, s'il te plaît ?

C'est elle qui s'approche et m'embrasse à pleine bouche. C'est n'importe quoi de s'embrasser en barbotant, mais c'est le meilleur baiser du monde. On n'a pas de point d'accroche car on nage pour ne pas couler. Ce baiser (mais sûrement ils sont plusieurs, car on fait plein de pauses et ça veut peut-être dire qu'un nouveau baiser naît à chaque fois), il est à nous.

Doux, et lisse et plein d'eau de mer. Et on rit.

– Si on restait dans l'eau très, très longtemps, voire toujours, il se passerait quoi avec nos corps ? elle me demande.

– On va voir ça tout de suite, je réponds. Car je n'ai aucune intention de sortir de l'eau.

– On a dit « pas de mensonge », réplique Louisa.

CHAPITRE 11

Je sais pas si j'ai b'soin d'un psy,
Ou d'un fight club.
Je regardais le monde en night shift,
Désolé si je me dérobe.
Lupejika, *Pas à ma place*

Louisa – 23 septembre

Tous les lundis, jeudis, vendredis, je vois Arthur après les cours. De 17 h 30 – le temps qu'on quitte le lycée – jusqu'à 18 h 30, parfois 19 heures quand ma mère bosse tard et que Dina est chez son père. C'est court et on fait toujours la même chose. On nage, on s'embrasse à la balise, on revient. On reste assis sur la plage, les jambes pleines de sable, et on repart.

Assis sur nos serviettes, on ne s'embrasse pas. En fait, on ne s'est jamais embrassés ailleurs qu'à la balise.

On parle beaucoup.

Arthur raconte son enfance. Il parle aussi d'aviron, de l'Italie, de son père.

Vu ce qu'il raconte de son père, autant ne pas en avoir.

Il parle beaucoup de sa sœur. C'est son idole. Elle est journaliste. Elle a un avis sur tout.

Moi je parle moins que lui, j'ai l'impression. J'ai rien à dire sur mon enfance, je ne suis jamais allée nulle part, sauf à côté de Montpellier, et je n'ai pas de père à critiquer.

Je lui dis ce qui me passe par la tête, la chair de poule quand on sort de l'eau, la couleur de la mer et la faim de 18 heures quand on est restés trop longtemps dans la flotte.

Jamais du chelou. Jamais du passé. Et pas du futur. Mon futur, c'est passer en première générale : rien de très passionnant.

Ce que j'aime dans l'eau, c'est avoir les seins immergés. Arthur a les mains qui bougent pour rester à la surface. Il ne peut pas toucher autre chose que ma bouche avec sa bouche. Tous les soirs, un courant passe entre nous à la balise.

Je me demande si c'est toujours le même.

Au lycée, on ne se croise jamais. Moi, je ne me fais pas remarquer. Je ne supporterais pas que tout le monde sache qu'on se connaît bien (est-ce qu'on peut dire qu'on est ensemble ?). Ce que je veux au lycée, c'est être bien vue des profs.

Je suis moins posée dans ma tête que cet été, mais c'est moins carnage que l'année dernière. Je comprends les cours et pour le moment, pas de drama.

Les profs, s'ils voient que je suis sérieuse, déter, pas dans les histoires, et surtout pas dans des histoires de mec, alors ils me laisseront passer en générale. Et Arthur, il a sa petite réputation de mec parfait, champion d'aviron avec des notes de l'espace. Je le sais, j'ai entendu des filles parler de lui dans les vestiaires de sport.

Des filles hyper jolies, hyper épilées, hyper renseignées.

– Mon frère était en cours avec sa sœur, Paola, une grosse tronche. Il paraît qu'elle travaille au *Monde* depuis deux ans. T'sais, le journal ?

– Il s'entraîne tous les samedis au cercle d'aviron, si tu veux aller mater ses gros muscles.

– T'es sûr qu'il aime les meufs ?

– Ouais, il s'est tapé Cléo Leonetti, la grosse bombe de terminale. Elle veut faire les beaux-arts.

Je n'ai pas eu le courage de regarder à quoi ressemblait Cléo Leonetti.

Mais ça a encore plus confirmé un truc : je ne veux pas être vue avec lui. Ça déteindrait sur moi d'être sa meuf officielle.

On se mettrait à parler de moi, à inventer des trucs, et on se demanderait ce qu'il me trouve.

On ferait des comparaisons avec sa mère, sa sœur, ses ex, et je passerais pour l'erreur de casting. Aucune envie de vivre ça.

Même Nada n'en sait rien.

Quand je rentre de la plage, je me douche à l'eau brûlante. Ensuite, mon maillot de bain sèche en scred derrière mon bureau, bien planqué de Dina et ma mère.

Tous les soirs avant de m'endormir, je regarde ses photos sur Insta. J'essaie de ne pas m'emballer mais je le kiffe. Il me plaît.

Arthur Celentano
Aimé par alicevedeline et d'autres personnes
Voir les 4 commentaires

Quand je me déconnecte, il me plaît encore plus.

Et pendant dix minutes je pense à la peau bronzée de ses bras, et ses poils blonds, tout fins, et doux. À ses yeux bleus. À son sourire. Et à sa tranquillité.

Je pourrais lui écrire toute la journée, mais, depuis la remarque sur les fautes d'orthographe, on a arrêté de s'écrire. Même confirmer le rendez-vous à la plage, on ne le fait pas. On est toujours à l'heure.

Les soirs où on ne va pas nager, je recopie mes cours au propre. Je surligne et j'apprends par cœur en mode poésie les passages que les profs ont demandé de retenir. Jusqu'ici, j'ai des notes correctes. Plutôt grâce aux notes des devoirs à la maison. À la maison, quand j'ai du temps devant moi pour réfléchir, fixer ma concentration, demander à ma mère, alors je me débrouille.

En maths, je dois l'avouer, j'ai copié sur Nada en laissant des fautes. J'ai eu 11. Sans elle, j'aurais eu 0.

En physique, j'ai eu 9.

En anglais, il fallait compléter un texte au futur – *when I get older, I*... J'ai eu 13.

En biologie, c'était sur les pelotes de réjection (en gros, plus la bête est grosse, plus ce qu'elle recrache comme poils, os et autres trucs dont son corps ne veut pas est gros). J'ai eu 16.

En français, on doit rendre notre premier devoir maison pour lundi. On a seulement trois jours pour le faire.

Ce matin, la prof nous a accueillis en nous disant qu'elle avait une super nouvelle à nous annoncer.

– Ma proposition a été acceptée par le chef d'établissement. Je vous propose un devoir en binôme qui a pour particularité de mélanger mes élèves, toutes classes confondues. Nous allons donc pouvoir ignorer cette cohorte. Voyez-vous, ce mot, je le déteste. Pour moi, la jeunesse est un mélange, pas un régiment qu'on compartimente.

La seule fois de la semaine où on est mélangés c'est dans les vestiaires de sport, on a « top chrono » deux minutes pour se changer et deux minutes pour se rhabiller. En quatre minutes, je suis tombée sur les groupies d'Arthur. Donc moi, perso, la cohorte, ça me convient.

– J'ai donc fait un tirage au sort pour former des binômes qui vont travailler ensemble. Votre classe de 2de 4 est mélangée avec la 1re 3.

Nada est avec une fille qui s'appelle Tamara Rioux.

– Louisa, tu es avec Arthur Celentano. Tu vas voir, Arthur est adorable, dit Cornit en riant.

Putain… c'est une blague ?

En un quart de millième de seconde, je deviens rouge écarlate. Je transpire des sourcils et j'ai les pieds qui bougent tout seuls.

– Elle veut le ken ou quoi ? me souffle Nada.

Je hausse les épaules.

– Quelle poupette, cette prof. Je peux pas la blairer.

– Bon, on se calme et on arrête de bavarder derrière son masque. Lisez les synopsis des films et les consignes avant la sonnerie et contactez vos camarades sans attendre.

CHAPITRE 12

23 septembre

SÉANCE DE CINÉ-CLUB À LA MAISON

Le but de ce devoir est de travailler sur l'adaptation cinématographique d'un roman.
Le travail se fera en binôme.

Étapes :
0/ Contactez votre binôme
Liste et coordonnées en annexe

1/ Choisissez un film dans la liste après lecture de TOUS les synopsis (résumés)

2/ Regardez le film (une seule fois) chez vous ou au CDI

Remarques :
• Si vous possédez un vidéoprojecteur, le visionnage n'en sera que meilleur
• Des ordinateurs sont à disposition au CDI – la documentaliste en a été informée

3/ Faites un résumé ensemble sans vous aider d'internet

4/ Nommez les thèmes abordés dans le film et ceux que vous avez préférés
(répondez par mots clés)

5/ Racontez la quête des personnages

6/ Racontez ce qui vous a plu dans le film (prendre la date de sortie en compte)

***Out of Africa*, adapté du roman *La ferme africaine* de Karen Blixen**

Après une déception amoureuse, une jeune Danoise décide de se marier et d'embarquer pour l'Afrique. La baronne délaissée par son mari se consacre à la culture des caféiers et à l'éducation des enfants de la tribu voisine. En parallèle de sa vie quotidienne naît une amitié pour l'aventurier américain Denys, qui se transformera vite en amour.

***The Hunger Games*, adapté de la trilogie de Suzanne Collins**

Chaque année, le pouvoir central, le Capitole, organise les *Hunger Games*, retransmis et suivis par toute la population. Véritable tuerie digne des combats de gladiateurs de l'Antiquité, seule une personne survivra sur les 24 jeunes tirés au sort.

Dans le premier volet de cette dystopie[1], le spectateur suit les jeux à travers le regard de Katniss Everdeen, qui se porte volontaire pour sauver sa sœur.

***Harry Potter à l'école des sorciers*, adapté de la saga de J.K. Rowling**

Est-il besoin de présenter l'apprenti sorcier ? Embarqué dans la lutte contre les forces du mal avec sa bande de fidèles copains et les élèves de l'école de Poudlard, Harry Potter a tout à apprendre de ses dons.

***The Hours*, adapté du roman éponyme de Michael Cunningham**

Trois femmes qu'unit un livre : *Mrs Dalloway*, de Virginia Woolf. Virginia l'écrit, Laura le lit, et Clarissa en est l'héroïne.

***Fight Club*, adapté du roman éponyme de Chuck Palahniuk**

Le narrateur vit une vie de solitude et décide de devenir membre du club clandestin le Fight club, dirigé par Tyler Durden.

Nada lève la main et se met à parler avant que la prof lui donne la parole :

– Madame, y a des Noirs et des Arabes dans les films de la liste ?

1. Dystopie : récit de fiction qui décrit un monde utopique sombre.

– Ah, bonne question, répond Cornit.

– Oui, sinon, je la poserais pas, dit Nada.

– Dans *Out of Africa*, on voit des personnes racisées.

– C'est tout ?

– Tout ce que je peux te garantir.

Un gros silence se fait. Blanc comme le brouillard.

– Ah, OK, alors je prends la Blanche qui fait l'éducation des Noirs.

– OK, heureuse que tout le monde ne se soit pas rué sur *Harry Potter*.

– On n'a pas dix ans, poursuit Nada.

– Non, mais quoi qu'il en soit...

Et Cornit est interrompue par la sonnerie.

Je prends mon téléphone pour écrire à Arthur.

Moi : j'ai été tiré au sort.

J'appuie sur la flèche retour et j'efface. Je ne sais pas si je dois écrire « tiré » ou « tirée ».

Moi : On doit faire un devoir pour Cornit ensemble. Tirage au sort : Louisa & Arthur. On doit regarder un film et trouver des axes... bla bla bla, la gamberge habituelle.

A : Tu crois que c'est le hasard ?

Moi : Oui.

A : Envoie la liste des films !

Je vais dans la photothèque de mon tél et je cherche l'image.

A : Alors un hasard qui a bcp bcp bcp de talent !!!!!!!! Chez moi ce soir ? (Il n'y aura personne).

Mon corps se couvre de chair de poule.

Parce que, sans la mer, c'est une autre histoire d'être seule avec un garçon. Même si c'est Arthur, je réfléchis bien à chaque mot que je vais écrire.

Moi : Même si on est + que des potes, je veux pas qu'on aille plus loin que la balise. En gros : Tu me touches autre chose que la bouche, je te dégèle.

Après tout, j'ai promis de ne pas mentir. J'ai bien vérifié l'orthographe de mes deux phrases. Pour « qu'on aille », j'ai vérifié sur bescherelle.com. Et à « touches » il y a un S, car c'est un verbe du premier groupe à la deuxième personne du singulier.

A : OK. Je te rappelle que je ne suis pas un charo.

A : j'aime comme tu écris. C'est très direct.

CHAPITRE 13

Wanna get a mansion, a jacuzzi,
A theater to watch my movies,
Couple whips and lots of fancy things.
Mac Miller, *The Spins*

Louisa – Même jour, 19 heures

Il est 19 heures, je dois être rentrée à la maison avant 23 heures. 23 heures, heure du retour de maman qui se tape une nocturne à la parfumerie. Les nocturnes, c'est payé double et maman essaie de bosser de nuit les jours où Dina est chez son père.

(Si ça continue comme ça, l'été prochain, on pourra aller voir l'Atlantique.)

Le temps d'arriver chez Arthur, il sera 19 h 20.

Les films de la liste durent environ deux heures, un peu moins si on zappe le générique de fin.

Donc il faut absolument que je me speede.

Mais tant mieux si on n'a pas beaucoup de temps, ça veut dire qu'on n'aura pas des masses de minutes pour traîner autour de la balise. Fricoter, ça me fait ultra peur maintenant. J'ai envie et pas du tout envie.

La zone entre mes jambes devient vivante dès que je vois Arthur. Elle se fait sentir, je sais pas comment dire, elle est froide et chaude à la fois. Je la sens. Mais il ne faut pas lui faire confiance non plus, à cette zone, elle ne me connaît pas bien, elle s'enflamme. Elle n'a pas de cerveau, pas d'expérience. Elle est plus jeune que mon âme.

*

* *

Dans le bus, j'avale trois biscottes et une pomme qui me nique les gencives.

Littoral Sacomane, Fontaine des Tuiles, Estaque port, Estaque village, Estaque Mistral, Estaque Riaux, Rond-Point de la Lave.

Terminus : *Plage de la Lave*. Cette fois, pas de plage. Je remonte vers le quartier des villas. Six villas, six maisons grandes comme notre résidence entière où on vit à quatre familles. J'ai comme un trou dans le ventre. Un trou qui grossit.

Je remonte l'allée des Mimosas. À gauche, la villa de Fred le ouf, à droite celle d'Arthur. Sur le mur de chez Arthur, il y a une espèce de plaque en carreau de salle de bain avec un fond jaune et des olives dessinées. Dessus est écrit :

(Je ne sais pas si j'aime.)

Et en dessous, une sonnette à l'ancienne qui ressemble à un mini-sein.

(Je crois que j'aime bien la sonnette, mais pas la plaque.)

J'essaie de sonner, mais mon bras pèse une tonne. J'ai envie de remonter dans le bus et de rester à l'endroit où il remue. Juste au milieu, sur la partie en caoutchouc.

Mais Arthur m'a vue arriver.

La porte s'ouvre toute seule.

Mes doigts sont tout engourdis. Pleins de fourmis. Impossible de lever mon bras pour le poser sur son épaule quand il m'embrasse sur la joue.

Sous son parfum que j'aime bien, l'odeur de la soirée de chez Fred est encore plus forte ce soir. Les fois à la plage, elle n'était plus là. C'est une odeur que je connais depuis longtemps, mais je ne remets pas la main dessus. Il m'embrasse sur la joue et me caresse les cheveux. D'habitude, je déteste qu'on me touche le visage, mais avec lui c'est toujours frissons au carré.

Un peu moins ce soir.

On longe un jardin avec une énorme piscine creusée dans la terre. C'est bizarre d'habiter à une seule famille ici. En plus, avec la sœur parisienne et le père toujours en voyage, ça fait une petite famille.

– Je pensais que seulement les rappeurs et les joueurs de foot avaient des trucs pareils chez eux, je dis.

– Bah tu vois... il y a moi aussi, répond Arthur.

C'est en regardant l'eau bleu fluo de la piscine que je capte enfin que le bout d'odeur manquant, c'est le chlore. Arthur sent le chimique, chaud et ancien. Ça sent le temps où on allait à la piscine municipale avec l'école.

Une odeur qui reste. Même après la douche, quand on passe la langue sur la peau, ça sent toujours le chlore.

– Si tu veux, on pourra se baigner. Il fait encore super chaud, il me dit.

– Bah, j'ai pas de maillot.

– Ma sœur en a plein.

(Je ris intérieurement et même le trou dans mon ventre rigole.)

(Mais c'est pas un bon rire, c'est un rire qui me mine et me déprime.)

(Jamais je ne mettrai mes fesses et le reste de moi-même dans le maillot de bain de sa sœur.)

– On verra après le film, je réponds.

À l'intérieur, je retire mes chaussures. Mais bien comme il faut, en défaisant mes lacets. D'habitude, je les enlève avec mes pieds. Là je les pose dans l'entrée, sous un petit meuble qui sert à poser des sculptures.

Trois exactement : une femme avec des jambes de folie, un bol hyper ouvert sur le dessus et un homme-caillou avec des trous aux yeux.

(Je ne sais pas si j'aime.)

(J'ai peur que les statues me voient si je les mate trop longtemps.)

Le bol contient des clés, des timbres, des élastiques et des grosses pièces de deux euros. Et même un billet de dix.

– Bienvenue, dit Arthur en entrant dans une grande pièce sans porte.

Dedans, la famille d'Arthur a foutu trois canapés, des tapis, des fauteuils et une table basse en verre plus grande que mon bureau. De partout dans cette pièce, on voit la mer.

Mais ce n'est pas vraiment la mer que je connais.

On ne voit que les vagues qui blanchissent l'eau. Pas le sable, pas la route, pas de gens. On dirait que la maison est posée sur la mer et ça pourrait être n'importe quel endroit. Peut-être même l'Atlantique.

Et, dans ce salon, c'est comme si, là tout de suite, on n'était plus Arthur et Louisa.

(Est-ce que l'amour peut se barrer si on se retrouve dans la mauvaise pièce au mauvais moment ?)

(Est-ce que Nada ou ma mère pourraient savoir si l'amour peut se barrer d'un coup ?)

Si Nada et ma mère ne le savent pas, je n'ai aucune chance de le savoir.

Ça ne va pas trop. L'endroit entre mes jambes est anesthésié. Le chelou se déchaîne. J'ai la gorge toute sèche : plus de salive à avaler. Tous mes mots sont partis, même des mots débiles (« C'est beau ici, merci de m'inviter »). Mon cœur va exploser tellement il bat fort et vite.

Mais Arthur est malin, il fait ce qu'il faut pour m'empêcher d'avoir à parler.

– Viens, on va se poser dans ma chambre. J'ai installé le matos.

La première pièce, c'est des toilettes. Après, un bureau tout en longueur et, ensuite, la chambre d'Arthur. Cette chambre est rangée, on voit encore les traces de l'aspirateur sur la moquette. Au mur est accroché un tableau qui représente un truc impossible à deviner.

Il y a plusieurs couches de couleurs et quelques endroits qui croûtent. J'essaie de tout décrire pour occuper le chelou.

Mais j'ai l'impression de respirer dans un sac plastique. Putain, où sont mes poumons ?

– Cette toile, c'est mon grand-père qui l'a peinte pour ma naissance.

(Pourquoi il dit « peinte » alors que « grand-père », c'est masculin ?)

– Tiens, viens regarder la mer.

Mes pieds nus s'enfoncent dans un tapis épais. Je déteste ce que ça fait, ça chatouille les orteils mais d'une manière horrible.

– On regarde le film ?

Dans sa chambre, il a collé deux fauteuils côte à côte et un appareil projette le film sur le mur sans tableau peint (peinte ?) par le grand-père.

– On regarde quoi ? il me demande.

Il hausse les épaules.

– Le premier de la liste, je dis.

– OK, *Out of Africa* de Sydney Pollack. Cool. À mon avis, personne ne va le regarder et bosser dessus. Ça se passe au Kenya et il y a Robert Redford, l'acteur préféré de ma mère.

Je secoue la tête.

Trois minutes plus tard, Arthur appuie sur « lecture ». Le film se lance, mais je ne suis rien du tout.

Je cherche de l'air, j'ouvre la bouche plus grand pour faire rentrer de l'air.

Mes poumons sont engloutis par le trou. Ils ont la taille de deux cacahouètes. J'essaie de faire ma crise d'angoisse sans bouger mais ça fait du bruit d'étouffer.

– Ça va, Louisa ?

– Je vais rentrer chez moi.

– Ah oui, OK. Bien sûr.

Je me lève. Le contact du tapis sous mes pieds me donne envie de vomir. J'avance dans le couloir. Putain, c'est pas possible d'avoir un couloir aussi long qu'au lycée. Devant le meuble, je regarde les sculptures. Je suis sûre qu'elles me voient galérer. Qu'elles comprennent.

Je mets mes baskets n'importe comment. Je quitte la maison sans les avoir enfilées. Si je reste une seconde de plus ici, je vais crever.

J'ouvre la porte.

Derrière moi, j'entends les pas d'Arthur.

– Louisa ?

– Oui.

J'ai envie de vomir. Je me courbe pour vomir. En fait, rien ne vient.

– Louisa ? Je peux parler ?

Je ne dis rien. Putain, il est passé où, l'oxygène ? Dehors, il y a plein d'air, mais pas moyen de le faire entrer dans mon corps.

– Si tu veux, on peut le regarder chacun chez soi mais en même temps... On clique sur lecture en même temps, on va pisser en même temps, comme ça, on vit le truc ensemble, sans être physiquement dans la même pièce.

– Comme pendant le confinement ? je réussis à articuler.

– Ouaip.

D'un coup, je m'allonge par terre. Le gazon est mouillé. Je sens mes jambes se rafraîchir et la terre sous mes doigts. Je regarde le ciel. Il est bleu Marseille. Je regarde les nuages. Je leur cherche des formes. (Pop-corn ? Cygne ?)

Mes poumons se ramollissent un peu.

(Je pense à des méduses et ça me fait du bien.)

Mes organes regonflent, mais doucement et dans un grand silence.

Comme après chaque crise de chelou, les larmes arrivent.

Chaudes et grosses. Je retourne la tête. Arthur est allongé à côté de moi, je ne l'avais pas entendu.

On a réussi la solitude à deux.

Je ferme les yeux et c'est comme si Arthur était nulle part (ni là ni ailleurs).

Quand ça va mieux, je me redresse.

– On peut aller chez moi et regarder un autre film ? *Out of Africa,* je ne sais pas ce que ça veut dire. Et Nada a déjà choisi ce film.

– Je t'emmène en scooter ? demande Arthur.

– OK, mais avec un casque et à vingt kilomètres heure sinon je te tue.

– OK. Quel film ? Tout sauf *Harry Potter.*

Je n'ai jamais vu aucun *Harry Potter.* On attend que Dina ait l'âge pour les regarder toutes les trois.

– Je vais réfléchir, je dis.

– Nickel.

Casque sur la tête, je mets les bras sur ses épaules. Il les retire et me montre deux poignées :

– Tiens-toi là, pas à moi.

Le vent siffle dans le casque et me fait pleurer. Ça va mieux. Dans ma tête, je cherche un film.

CHAPITRE 14

Not really sure how to feel about it.
Something in the way you move.
Makes me feel like I can't live without you.
It takes me all the way.
I want you to stay.
Rihanna ft. Mikky Ekko, *Stay*

Arthur – 25 septembre, une heure plus tard

Chez elles c'est petit, et par terre c'est du lino imitation parquet. Au mur, des photos des filles enfants sont punaisées. Enfin, je crois que Dina est toujours une enfant ; elle est en CP ou CE1, mais Louisa en parle peu. Sur les images d'elle, même à cinq ans, Louisa a déjà son regard de maintenant.

Regard qui ne lâche rien, qui pense très fort. Et, si tu récupères 1 % de ce qu'elle pense, tu peux t'estimer heureux.

Sur aucune photo, je ne vois d'homme. Pas même un oncle, un grand-père ou un pote. Par terre traînent des Barbie sans tête, deux encyclopédies, des figurines d'animaux et des vêtements.

J'ouvre une encyclopédie des animaux et je cherche « goret ».

Définition : jeune cochon. Porcelet.

Je referme et je forme une pile avec les livres. Au mur du salon, il y a un grand poster du film *Le Grand Bleu*. Des cœurs ont été rajoutés au crayon à paillettes. Le frigo beige et le micro-ondes sont recouverts de photos d'elles au bord de la plage de la Lave. Notre plage.

– Voilà, c'est chez nous, dit Louisa.

J'ai envie de faire la vaisselle stockée dans l'évier, histoire de m'occuper les mains et d'arrêter de regarder autour de moi comme si j'arrivais sur Uranus. Elle va remarquer que je ne peux pas m'empêcher de tout scruter et me prendre pour un sale curieux.

Quand j'étais petit et qu'on allait chez des gens, je me demandais tout de suite si c'était plus grand que chez nous, plus beau, plus propre. Une fois que j'étais rassuré parce qu'on gagnait toujours avec notre villa, je me sentais mieux. Quand j'étais petit, je n'étais pas un type sympa.

Ici ça fait la taille de notre rez-de-chaussée (sans compter l'atelier). Une pièce, un salon-cuisine-séjour puis un grand couloir avec probablement les chambres, la salle de bain et des toilettes.

– Je vais pisser, je dis.

– Et moi, je vais demander à la voisine son truc pour projeter. Elle m'a déjà proposé d'essayer et elle est toujours chez elle.

Ce sera mieux, a dit Cornit. Il faut que je prévienne ma mère que t'es là.

– Elle doit arriver ?

– Non, elle fait une nocturne, mais je vais lui dire, sinon elle va criser.

Dans les toilettes, il y a des magazines par terre. Ma mère trouverait immonde toutes ces pages à la merci des jets de pisse et de chasse d'eau.

L'Estaque cet été

Un programme du cinéma l'Alhambra

Un petit livre : *Les 100 phrases à ne pas dire à son enfant.*

Je le feuillette. Je me marre, mais ce n'est pas drôle : je suis sûr que mon père nous les a toutes dites.

Je pourrais même en ajouter quelques-unes :

La prochaine fois tu feras exprès de faire attention.

Si on te demande, tu diras que tu ne sais pas.

Arrête de t'écouter, tu risquerais de t'entendre.

Quand je sors des toilettes, Louisa se tient devant moi avec un tout petit vidéoprojecteur entre ses mains.

– La voisine l'a eu pour le Black Friday. 60€. C'est dingo, non ?

– Trop cool. On peut projeter sur le grand mur en face du canapé. Bon alors, on regarde quoi ?

– Je ne sais pas, dit Louisa. Des pâtes à la tomate ?

J'ai retrouvé Louisa et ses blagues. Dans la cuisine, elle fait bouillir de l'eau dans une casserole énorme.

– Tout le monde va prendre *Le Parrain*, donc pas ça, répond Louisa.

– *Fight Club*, je dis.

– Tout le monde va prendre *Fight Club*. Plein de rappeurs en parlent dans leurs textes.

Je lui lis les noms de la liste et elle répond à côté exprès.

On rit comme des baleines, quand quelqu'un entre dans l'appartement.

Je sursaute comme si j'étais pris la main dans la boîte à bijoux. Mais Louisa reste immobile.

– Salut, dit Louisa, sans ciller. Arthur, j'ai oublié de te dire, ma mère a décidé de nous dire bonjour.

En vrai, je ne sais pas si je suis déçu ou pas qu'elle se soit incrustée.

Car Louisa a l'air de bien le prendre.

La trentaine, un mètre soixante-dix dont beaucoup de jambes, un short et un débardeur, elle ne ressemble pas vraiment à une mère. Mais elle a les yeux de la même couleur que Louisa, avec en plus des cernes qui font ressortir le vert (beau), et des traces de poussière sur le front.

Tous les indices portent à croire que c'est Mme Renier.

– Salut, les jeunes, dit-elle en retirant sa veste et en jetant ses clés sur la table.

Je me précipite vers elle, main tendue.

– Madame Renier, bonjour, je suis Arthur. Merci de me recevoir.

Elle rigole sans faire exprès.

– Oh, je n'y suis pour rien, moi, mais sois le bienvenu. Et appelle-moi Émilie. « Madame Renier», c'est ma mère. Je vais rester avec vous ce soir en fait

– Maman... t'avais pas un inventaire à la parfumerie ce soir ?

– Si, si mais je suis fatiguée. J'ai bossé tard tous les jours de la semaine. Et, tu sais, quand je suis fatiguée, je bâcle tout. Résultat, j'ai pété un gros parfum Chanel à cent balles. Donc une collègue a proposé de me remplacer. Et puis, je suis contente de rencontrer tes amis.

– Ne t'enflamme pas trop. Y en a qu'un.

Le silence gonfle comme un ballon de baudruche, on le regarde gonfler et on sait que ça va exploser. Comme je suis l'invité, je me sens obligé de parler :

– Vous travaillez dans une parfumerie ?

Tout le monde explose de rire. Ce que je viens de dire est d'une débilité sans nom.

– T'es un rusé, toi ! Oui, je suis cheffe de rayon, et pour fêter l'automne ils nous font organiser une braderie des produits et parfums d'été.

– Ah oui, je vois.

– Si tu veux un parfum, tu me dis lequel et je te le rapporte. Les invendus post-braderie, on doit les jeter. Je te jure que ça fait mal au cœur.

– Merci, mais mon grand-père m'offre un parfum à la bergamote à chaque Noël.

– OK, monsieur bergamote, elle me répond.

– C'est quoi la bergamote ? demande Louisa en égouttant les pâtes.

– Un agrume, je dis.

– Oui, une espèce à mi-chemin entre la clémentine et le citron. Ça sent bon mais c'est fort. Faut bien doser. Comme la fleur d'oranger, quoi.

– Bon, maman, je te signale qu'on a du boulot. Arthur et moi, on doit regarder un film pour le lycée et raconter la quête des héros.

– Eh bien... je vais le regarder avec vous.

– Si tu veux, dit Louisa.

– Je suis encore chez moi, c'est moi qui décide.

– Bah choisis le film, puisque t'aimes décider, maman.

Putain, je l'aime. Louisa rend tout naturel. En fait elle transforme tous les mots en flèches.

*

* *

Émilie a choisi *The Hunger Games*. Louisa a eu l'air d'apprécier le choix, parce que c'est la série de films préférée de Nada.

Moi, elles m'auraient proposé de regarder la télé éteinte ou *Harry Potter* que je connais par cœur en vitesse 0,25, j'aurais dit oui. Je me sens béni comme le roi du monde d'être avec elles. D'être là à manger des pâtes à la tomate avec la fille que j'aime et sa mère. Dès que je pose un œil sur Louisa, j'ai le cœur qui hurle comme un loup-garou.

Louisa et moi, on se marre juste en se regardant. C'est comme les fois où on a pris du protoxyde d'azote avec Hakim.

– Bon, allez, je lance le film. Ça dure quand même 2h22, cette connerie, dit sa mère.

Le film commence par une scène avec l'héroïne (Katniss) et un mec très tanqué. Le genre qui pourrait intégrer l'équipe états-unienne d'aviron[1]. Ils parlent de s'échapper du district pour éviter d'être tirés au sort pour les Hunger Games (des jeux cruels de type « il n'en restera qu'un seul »). Et puis après on sent que la petite sœur de Katniss va être choisie. Elle est blonde, elle est petite, elle a peur, il ne faut pas être devin : elle va morfler. En plus, elle s'appelle Primrose.

– Quelle surprise. Elle a un prénom à mourir jeune, je souffle à Louisa quand sort le nom de la petite sœur.

Elle sourit, mais je sens bien qu'elle n'est pas rassurée. Elle flippe pour ses notes. Je fais l'effort de retenir tous les axes au fur et à mesure. Je n'ai pas envie de passer pour un branleur.

Le film se termine et ça fait dix minutes que je réfléchis à ce que je vais leur dire.

– Je vais me coucher, dit Émilie.

– On peut regarder la suite ? demande Louisa à sa mère.

---

1. L'aviron est très pratiqué aux États-Unis.

– Oui, mais, quand vous avez fini, Arthur dort sur le canapé et toi dans ton lit. Je vous préviens, je me lèverai pour vérifier que chacun dort dans sa piaule.

On attend qu'Émilie se couche, et on s'installe sur le canapé tous les deux serrés. Louisa prend une couverture en polaire et nous enroule dedans.

Avant de l'embrasser, je lui murmure à l'oreille :

– Alors, les axes du film ?

Elle me repousse.

– J'ai noté des trucs dans mon téléphone. Je peux te montrer. T'es bon en français, nan ?

– Disons que Cornit m'a à la bonne.

– T'as eu combien au brevet ?

– Une très bonne note.

– OK, regarde. J'ai écrit ça comme c'est venu. C'est un brouillon pour les thèmes. Tu peux rajouter des trucs si tu veux.

Je rajoute quelques trucs et je lui tends le téléphone.

– Ça t'irait ? je demande pendant qu'elle lit.

– Ça veut dire quoi, « oligarchie » ?

– Quelques personnes décident pour tout le monde.

– Trop fort.

– Mais, Louisa, je n'ai rien fait. T'as tout dit, il y a mille trucs que je n'avais pas vus. J'ai juste utilisé les mots que Cornit attend. On fait des lotos en cours de français avec mes potes Hakim et Ezra. On compte le nombre de fois qu'elle dit les mots.

– Vas-y.

22:40

1) Les jeux = la guerre, diviser pour mieux régner

2) l'amitié entre meufs sans embrouilles, avec des mecs, bien complexes

3) le caractère de l'héroïne forte et s'en sort sans mecs (féminisme), détermination

4) L'amour (met du temps à arriver et il est fragile)

5) Ridicules personnes de Panem, critique des élites, métaphore de l'oligarchie

6) Pacificateurs portent mal leur nom, effrayants, violences policières

7) la télé réalité et les gens vicieux qui veulent regarder ce qu'ils ne veulent pas qu'on leur fasse = cruauté

8) Horrible mais proche de nous = dystopie

Conclusion - pourquoi as-tu aimé le film ?

En fait le film est génial car il évite plein de conneries qu'on a l'habitude de voir et d'entendre sur les femmes par ex.

Je n'ai pas vu le temps passer

Je n'ai pas pensé à autre chose qu'au film

– Métaphore, symbole, champ lexical, enjeux, figure de quelque chose. Faudra bien les utiliser dans le devoir.

– On regarde la suite ? demande Louisa.

– Dix fois si tu veux.

*

* *

Le micro-ondes indique 03:26. Je meurs d'envie d'aller aux toilettes. Louisa dort roulée en boule, la tête sur mes genoux. Elle est plus que belle. Elle est à tomber du canapé.

Je décale sa tête, je la pose sur le coussin et je vais pisser.

Revenu sur le canapé, je m'allonge à côté de Louisa. Pas devant, ni derrière, en mode cuillère amoureuse, mais tête-bêche comme avec mes cousins.

Pendant la nuit, j'entends des sons de partout, des scooters enroués qui circulent. J'entends aussi les grosses aiguilles de l'horloge qui me volent le sommeil.

Et – je sais que c'est bizarre – je crois que j'entends la mère de Louisa qui nous écoute.

Elle nous écoute nager autour de la balise.

*

* *

Je passe la journée dans le coton, fatigué et mou, mais joyeux.

C'était bien, hier soir, c'était normal et fou en même temps. Mais ça semblait presque habituel. Mais je ne peux pas m'empêcher de me demander si on est au début de nous deux.

Alors, je lui écris.

Moi : Je me sens en couple avec toi.

Louisa : dans ta boîte mail = devoir.
Toi relire et envoyer à Cornit. OK ?

10 minutes plus tard.

Moi : Moi aimer style télégraphique et surtout moi aimer qu'on s'écrive de nouveau.

Moi : Bref, c'est génial ce que tu as écrit pour le devoir. Je n'ai presque rien corrigé. J'ai bien aimé que tu ajoutes ton passage préféré. Et t'as utilisé tous les mots du Bingo !

Louisa : tu le diras en scred au conseil de classe de décembre, alors.

CHAPITRE 15

J'me détruis chaque jour, c'est merveilleux.
Laylow Lomepal, *Burning Man*

RAPPORT D'INCIDENT- LYCÉE SAINT-EXUPÉRY
Date : 16 octobre

Nom du·de la soignant·e : Fabienne Achokina
Nom de l'élève : Louisa Renier
Accompagnant·e : Nada Benjaoui
Heure d'arrivée à l'infirmerie : 12 h 07
Heure de départ : 12 h 25.

Incident :
L'élève est arrivée en état de choc.

Appréciations générales des constantes :
Glasgow 15 sans déficit neurologique évident
Constantes hémodynamiques et respiratoires correctes en dehors d'une tachypnée (difficultés à respirer)

État psychologique :
Agitation psychomotrice (tremblements) sans désorientation, ni composante délirante

Éléments de contexte :
Selon sa camarade Nada Benjaoui, une professeure a proféré des accusations de triche avant le début du cours de 10 heures. Les élèves de Mme Cornit – toutes classes confondues – avaient reçu pour consigne de travailler à deux. Louisa a travaillé en binôme avec un « talentueux » élève de 1re. Après remise et correction du devoir, la professeure a insinué que Louisa n'avait pas réellement participé au travail. Cette accusation a plongé Louisa Renier dans une violente crise d'angoisse.

Traitement de la situation par l'infirmier·e scolaire :
Après trente minutes de repos, Louisa Renier a affirmé qu'elle avait fait son travail honnêtement. Elle a également affirmé qu'elle ne savait pas comment elle allait « réussir à finir » la journée.
Le sens de cette formule n'a pas pu être clarifié durant l'entretien tant l'émotion était vive.
La mère de l'élève a été contactée. L'élève a été autorisée à quitter l'établissement pour la journée.

Diagnostic médical :
Le dossier médical de cette élève révèle des troubles anxieux. La réaction à la discussion houleuse avec la professeure semble disproportionnée.

• Cette extrême sensibilité et porosité aux évènements est à traiter.
• Une phobie scolaire n'est pas à exclure.
Un entretien avec la psychologue scolaire est à prévoir.
→ Des adaptations d'emploi du temps sont peut-être à envisager (pourquoi pas quelques cours à la maison).

Remarques diverses :
J'envisage de solliciter un rendez-vous avec la professeure qui accuse l'élève de triche. L'affaire doit être réglée entre l'élève et la professeure, ce sans quoi d'autres crises sont à craindre.

CHAPITRE 16

Personne sait qu'elle est malade,
On n'en parle pas,
On se balade.
Lujipeka, *Poupée russe*

Nada et Arthur – 16 octobre, 15 heures – Lycée Saint-Exupéry, sous les tilleuls de la cour d'honneur

– Cette cohorte, c'est les districts *d'Hunger Games*..., commence Nada. Comment t'as fait pour t'incruster à la pause des secondes ?

– Rien. J'ai dit à Cornit que je devais sortir et que je revenais dans quinze minutes, répond Arthur.

– T'as français là ?

– Ouais. Il se passe quoi ? Pourquoi tu veux me parler ? demande Arthur.

– Cornit a plus ou moins accusé Louisa d'avoir profité de ton travail sur votre film. Elle dit qu'elle a reconnu ton style.

– Mon style ? bafouille Arthur. Je n'ai pas de style.

Il est incrédule, sa mâchoire lâche. Il a le haut des oreilles qui chauffe, les joues en feu. Son pouls accélère.

– Écoute, Cornit a l'air de penser que tu en as un.

– Elle a lu un demi-devoir de moi, Cornit. Louisa a tout écrit, j'ai reformulé deux-trois trucs, on a ajouté les mots du bingo et j'ai corrigé les fautes d'accord.

– C'est quoi le bingo ?

– Tu demanderas à ton cousin.

– Cette connasse lui a fait une remarque.

– Hum, et pourquoi c'est toi qui me convoques ? poursuit Arthur en se frottant le haut du crâne.

– Louisa n'a pas bien pris le truc. Elle a refait une crise. Sa mère est venue la chercher, et voilà. Je voulais que tu saches ce qu'avait fait Cornit. Je ne peux pas la saquer.

Il est livide – le visage froissé comme un tee-shirt de nuit. Puis son œil se fait dur, quelque chose tourbillonne dans sa pupille.

– Moi non plus, je ne peux pas la blairer. Je vais aller la voir, dit Arthur, sûr de lui, sûr de pouvoir y faire quelque chose.

Nada se marre, mais c'est du dépit. La confiance d'Arthur l'agresse. C'est la confiance d'un Blanc de bonne famille, certain que Cornit le croira, lui, parce que sa parole vaut quelque chose. Alors que les larmes de Louisa ont été prises pour de la comédie. « Arrête ta comédie, Louisa », s'est impatientée Cornit.

– Donc vous êtes ensemble ? Louisa vient de me le dire.

– Ouais. Mais je ne savais pas qu'elle faisait des crises. Des crises de quoi ? demande Arthur.

Il essaie d'être naturel, mais ça ne marchera pas avec Nada. Elle n'a aucune envie de lui donner ce qu'il veut. Il a déjà Louisa, la maison, les bonnes notes et il lui faudrait les explications toutes cuites dans le bec.

– Elle te racontera, tranche Nada.

– Elle ne me dira rien.

– Déso, mais je dirai rien non plus. Je ne suis pas une poucave. Louisa, c'est un bout de mon cœur. Je ne supporte pas de la voir comme ça.

Elle sait très bien qui est ce mec qui fait de l'aviron avec Hakim.

Son cousin est déjà allé chez lui. Hak lui a raconté comment c'était, sa maison. Des objets qui ne servent à rien posés sur des meubles énormes. Des vases sans fleurs. Parfois, elle y pense et se demande comment des vases vides peuvent être décoratifs.

– OK, ne dis rien. Je vais aller voir Louisa, annonce Arthur.

Et, là, Nada a envie de rire. S'il croit qu'Émilie qui veille sur sa fille va lui ouvrir, il se fourre le doigt dans l'œil.

– Celentano ?

– Oui, Benjaoui ?

– Tu connais le concept des vieilles âmes et des jeunes âmes ?

– Non.

Il ment mais il est vulnérable. Plus elle le sentira vulnérable, plus elle aura pitié et plus il a de chances qu'elle parle.

– Tu crois en l'âme ?

– Oui, je pense, répond Arthur.

– OK, moi, ce que je crois, c'est que les âmes vont de corps en corps. Et donc, quand tu arrives sur terre, tu hérites d'une âme qui a déjà servi. Mais il y a des exceptions. Il existe des âmes toutes neuves. Comme celle de Louisa. Elles sont belles et pures mais elles se prennent la réalité en pleine face tout le temps. Tu vois ?

Être une jeune âme, c'est découvrir un monde nouveau tous les jours, pense Arthur. Mais il ne la ramène pas.

– Je ne sais pas, répond Arthur.

Elle pourrait lui expliquer qu'en médecine scolaire, ça s'appelle des troubles anxieux, mais ce serait trahir Louisa. Elle a envie de le prévenir que, s'il touche un cheveu de Louisa, elle lui fera la peau. Mais elle n'aime pas faire ce qu'on attend d'elle. La copine protectrice.

– Je dois aller en cours. Bonne journée. Passe le bonjour à cette connasse de Cornit de ma part.

– Je n'y manquerai pas. Enfin, je veux dire, oui.

– Je ne suis pas débile, je sais ce que signifie « Je n'y manquerai pas ».

CHAPITRE 17

Well, the walls are talking to me
And I know you think I'm wrong.
Pusha-T, *S.N.I.T.C.H.*

Louisa – 16 octobre, 18 heures

Je crois que j'ai de la fièvre. Ou alors c'est le bain brûlant qui me donne cette impression. J'en ai déjà pris deux. En temps normal, maman aurait gueulé que faire couler l'eau, ça fait des frais. Mais je crois qu'aujourd'hui, je pourrais porter ses vêtements fétiches et avaler toute une tablette de son chocolat préféré (Nestlé triple choco), je serais pardonnée instant'. Elle est dépitée par le retour de mes crises. À l'infirmerie, elle soupirait d'énervement, genre « Je ne dis rien mais je n'en pense pas du bien ». Elle a écouté l'infirmière à moitié, et son message soupiré était clair.

Ça voulait dire :

1. Putain, ça recommence.
2. Je la connais par cœur, l'histoire des crises d'angoisse.

3. Qu'est-ce que je vais dire à mon patron, moi, si je dois quitter mon rayon pour venir chercher Louisa tous les trois-quatre matins comme l'année dernière ?

Elle m'a quand même pris la main pour faire la mère sympa devant l'infirmière. Mais sa main était froide et pas du tout affectueuse.

Dans la voiture, elle m'a dit :

– Mais je croyais que ça allait ! Cet été, avec Joe tu as été parfaite. Et puis cet Arthur, c'est plus qu'un ami, non ? Il a l'air fou de toi. Et ce 17 en biologie, je ne l'ai pas inventé ? Qu'est-ce qui ne va pas ? Dis-le-moi, putain, je ne suis pas un monstre, je peux comprendre ! Tu as besoin qu'on passe du temps ensemble ? Tu trouves que je m'occupe trop de Dina ? Bon, je reste avec toi aujourd'hui, mais je ne vais pas pouvoir faire ça à tout bout de champ. Dans la vie, Loulou, il faut se blinder.

En gros, elle se demande si je ne le fais pas un peu exprès. Pour me rendre intéressante. Pour qu'elle s'occupe de moi. Mais moi, je n'y suis pour rien. À chaque heure de ma vie, je dois convaincre le chelou de me foutre la paix.

Je n'ai rien dit et elle a continué à m'expliquer que dans la vie il faut être fort, qu'elle ne sera pas toujours là pour me ramasser à la cuillère. Quand on est sorties de la voiture, elle m'a achevée :

– Et ce devoir, Louisa, de toi à moi, il ne l'a vraiment pas fait tout seul, Arthur ?

Si ma mère ne me croit pas, comment Cornit qui ne connaît que mon dossier scolaire pourri pourrait-elle me croire ?

Je n'ai pas répondu et je suis allée prendre un premier bain.

Pour le deuxième, je prends le bain moussant à paillettes multicolores, cadeau de son père à ma petite sœur. Je lui en rachèterai un. Avec les sous des pourboires de cet été, il me reste encore 300 euros. Je ne l'ai dit à personne, même pas à maman, que j'avais cet argent-là. Je me dis que ça payera un billet de train pour partir de Marseille, ou quelques nuits d'hôtel si jamais une catastrophe arrive.

La mousse est épaisse, elle cache tout mon corps. J'en attrape des morceaux bien denses et je cache ma poitrine avec. Quand le bain est froid, je sors. Je me sèche vite fait. Je n'ai pas assez d'énergie pour m'occuper de mes cheveux. Il faudrait faire un masque, et puis démêler au peigne.

Ce n'est pas au niveau des muscles que l'énergie me manque. C'est mon cerveau qui est vidé.

Une fois dans mon lit, les mots de Cornit tournent dans ma tête. Avant le début du cours, elle m'a prise à part et m'a dit :

– J'ai plusieurs questions à propos de votre devoir, Louisa.

Et ensuite, elle m'a bombardée de remarques et, en fait, elle n'a posé aucune question.

– Je reconnais le style d'Arthur Celentano, direct et littéraire. C'est un élève qui a une grande culture. Moi je pense qu'il a écrit pour vous deux, d'ailleurs c'est lui qui l'a envoyé. Et dedans il y a des mots comme « oligarchie » ou « dystopie ». Tu sais ce que ça veut dire ?

Je sais que la réponse est sur un Post-it collé au-dessus de mon bureau. Un des deux mots veut dire monde imaginaire qui ne donne pas envie d'y vivre, l'autre système politique où deux-trois familles ou personnes se partagent le pouvoir. Et ça ne fait pas envie non plus.

Mais, comme elle me matait avec ses yeux de mouette affamée, je n'ai pas réussi à me justifier.

J'avais honte qu'elle me croie aussi débile. Ce film, il n'y avait pas grand-chose à comprendre. C'est juste l'histoire d'une guerre entre jeunes, organisée par des vieux sadiques qui cherchent à occuper toute la population.

Ce n'est pas *Inception*.

Cornit parlait, et parler c'était m'accuser. Ensuite, je suis allée m'asseoir, et quand le cours a commencé elle a dit devant la classe :

– Une personne – ici présente, mais que je ne citerai pas – m'a mise de bien méchante humeur. Je suis franchement en colère, on vous fait confiance, on vous prend pour des adultes et vous trichez.

Chacun de ses mots était une petite gifle. Tout le monde a capté que c'était moi, car c'est moi qu'elle avait prise à part.

Ensuite, elle a rendu les copies (Nada a eu 17,5). Sur ma copie, elle a écrit : *Impossible à évaluer. Affaire en cours.*

Pendant tout le cours, je n'ai rien pu écouter. Je me demandais comment j'allais faire avec des mauvaises notes en français toute l'année. Parce que, franchement, il y a peu de chances que ça s'arrange. Maintenant que je suis repérée par Cornit, elle va me saquer. Clairement, la biologie et le sport ne suffiront pas à me faire passer en générale.

J'ai pris la copie et j'ai repensé à la soirée à la maison, avec ma mère et Arthur. Quand on était bien tous les trois. Je me suis dit, ces deux-là, ils m'aiment, moi. Et c'est grâce à ce sentiment-là que j'ai pu regarder le film et comprendre tout ce qu'il fallait sur la guerre. Sinon je n'aurais jamais pu me concentrer. Il faut de la confiance pour se concentrer. Et puis, Arthur, il a traduit toutes mes idées en langage Cornit. La prof a raison, c'est Arthur et sa main posée sur la mienne qui ont fait le taf.

*

* *

– Je vais chercher ta sœur à l'école et faire des courses. Tu ne bouges pas d'ici, me dit ma mère à travers la porte.

Je ne réponds pas. Alors elle entre en trombe dans ma chambre. Je lui fais signe avec mon pouce que oui. Tout va mal mais tout va bien. Je reste où je suis. Et puis, j'irais où ?

J'attrape mon téléphone sur ma table de nuit.

J'ai plusieurs messages d'Arthur.

A: Louisa, Nada m'a expliqué.
Je suis désolé, j'étais certain depuis
le début que Cornit était débile. Je vais lui parler.

Dix minutes plus tard :

A: Je peux passer ?

Dix minutes plus tard :

A : Juste pour te voir et ensuite je repars. Je me fais un souci monstrueux.

Onze minutes plus tard :

A : Je suis inquiet. Je veux juste te serrer fort et repartir. Louisa, stp

Douze minutes plus tard :

Nada : Grosse, Cornit a du dissolvant à la place du cerveau. Elle se rendra compte de sa débilité au prochain devoir sur table. Et au fait, j'ai parlé à ton mec. Il tient à toi, il semble plutôt OK.

Et enfin, un message de Cornit :

06.19.45.68.11 : Louisa, je suis terriblement contrite. Arthur Celentano m'a expliqué que tu avais trouvé tous les axes seule et que vous aviez reformulé ensemble et qu'ensuite, tu avais fait « le gros » du travail. Pardonne-moi pour cette méprise. Je me suis dit qu'une élève de 2de avec un dossier sinueux comme le tien et un taux d'absentéisme important en 4e et 3e ne pouvait pas produire une copie d'une telle qualité. Ton devoir est très profond, et très complet. Je t'ai mis 20/20. Enfin, je « vous » ai mis. Désolée, encore. Tout est arrangé. Si tu as besoin de parler, tu peux me joindre à ce numéro jusqu'à 20 heures. Ou demain si tu préfères. S. Cornit

*

* *

Ça sonne chez nous. La sonnerie est un peu enrouée. Ça sonne dix fois. Diling, diling, diling. Et ensuite, on toque. Je reste en boule dans mon lit, les mains serrées autour de mes genoux. Aucun nerf de mon corps ne veut s'activer. Cette sonnerie, ce n'est pas mon problème. Ma mère, Dina ou Nada savent que la porte est toujours ouverte ici. Et Nada ne viendrait jamais me voir sans prévenir. Les autres n'ont rien à faire ici.

Doucement, la porte s'ouvre. Elle est mal huilée et grince. Là, je stresse vraiment. Et le chelou ferme bien sa gueule parce que ce n'est pas une angoisse qui vient d'entrer chez moi, c'est un humain. J'ai peur que ce soit un voleur, un violeur, un taré. Je sors du lit en trombe et je me précipite dans le couloir.

Sauf que, dans l'entrée, c'est pas un violeur, un voleur, un taré, c'est Arthur. Avec sur sa gueule un air de petit chaton qui vient de naître.

– Mais toi, tu fais quoi, là ? je demande brutalement.

J'ai la voix rauque de ne pas avoir parlé de la journée. Les cris, même quand ils ne sortent pas, abîment la gorge.

– Il fallait que je te voie, il me dit.

Putain, qu'est-ce qu'il m'énerve… On dirait qu'il s'est retrouvé là par hasard et que c'est à moi de parler.

– Bah voilà, tu m'as vue.

– Comme tu ne répondais pas, j'ai eu peur que tu fasses une connerie.

– Tu te crois dans un film ou quoi ? De quelle connerie tu parles ?

Il est là, mais j'ai l'impression qu'on ne s'est jamais vus. Il pourrait être un livreur de colis, un voisin qui s'est trompé de maison, ce serait le même malaise.

Qu'est-ce qu'il veut que je lui dise ?

– Que tu te sois fait du mal.

– Et tu es venu me sauver ?

– Non, t'aider. Ce n'est pas pareil. J'ai appris que tu souffrais de troubles anxieux...

– C'est Nada qui a parlé ?

Putain, Nada, ma sœur, ma moitié de cœur, tu m'as balancée ? Qu'est-ce qu'il me reste si je te perds, Nada ?

– Non, elle m'a juste dit que tu étais allée à l'infirmerie. Comme je suis délégué, je suis allé demander des prospectus sur les infections sexuellement transmissibles à l'infirmière. Fabienne Machin est allée en chercher dans sa réserve, et pendant qu'elle était partie j'ai... fouillé dans ses registres et j'ai trouvé le rapport d'incident de ce matin.

Il a l'air content de lui. Moi, j'ai le cœur qui saute comme un poisson hors de l'eau.

– Et il dit quoi, le rapport ? je demande la bouche pâteuse.

– Il dit « troubles anxieux » et qu'il faut faire attention à toi. Pendant tout le cours de français, j'ai lu des trucs sur l'anxiété et parfois, si ça n'est pas soigné, ça peut être très grave, alors j'ai flippé, et voilà, je suis là.

On est trop nombreux dans cette pièce. Trop d'inconnus et d'imprévisibles : Arthur, le chelou et moi. Arthur s'approche et met la main sur mon dos, il me prend dans ses bras. Je le laisse faire, mais ça m'étouffe. Tous ses gestes me font mal. On entend des bruits. Le frigo. Les scooters qui passent. La pendule.

Je pleure, mais mes larmes ne me font aucun bien.

– Je suis allé voir Cornit. Elle nous a mis 20. Et elle m'a dit que pour les fautes d'orthographe, elle allait te faire un cours spécial. Tu dois me faire confiance, je peux t'aider.

Ce que dit Arthur, c'est encore plus énervant que ma mère et sa phrase sur les « efforts de blindage ». Il croit vraiment qu'il peut faire quelque chose contre le chelou.

Les mots d'Hakim me reviennent : « Il se croit tout permis. »

– Ce n'est pas ça le souci, Arthur. Ce n'est pas Cornit. C'est que, parfois, je ne sais pas comment je vais trouver la force de finir la journée tellement tout me fait peur.

– Mais l'amour, ça rend libre et ça donne des forces. Tu ne veux pas essayer ?

– Non, là, je veux juste que tu me laisses.

CHAPITRE 18

Que la mer nous mange le corps, ah !
Que le sel nous lave le cœur, ah !
Je t'aimerai encore.
Je t'aimerai encore,
Ah, je t'aimerai encore.
Pomme, *On brûlera*

Louisa – 1er novembre, 22 heures – Chez Nada

On écoute de la musique sans paroles. Des trucs des États-Unis d'Amérique. Depuis Arthur, je ne dis plus « américains ». Je nage en plein chelou depuis deux jours. Depuis qu'Arthur et moi, on est en froid, je pense à lui non-stop. Plus encore que d'habitude. Depuis que, si ça se trouve, il ne me répondra plus jamais.

Ce n'est pas une crise avec poumons en cacahouète comme pendant le générique d'*Out of Africa*, chez lui. C'est pire, le chelou est tellement déter qu'il est incrusté. Je pense à Arthur tout le temps, je guette mon téléphone. Mais je suis capable de parler et de suivre une conversation. Juste avec une lourdeur sur le cœur.

Demain, je vais bosser une semaine avec Joe dans le camion pour les vacances de la Toussaint. Ça va être cool. Enfin, j'espère que le chelou va me laisser en paix. Qu'il va me laisser servir les gens et compter les centimes.

Nada revient du salon avec de la bouffe :

– Tiens, j'ai fait des feuilletés au fromage, et le Liptonic est frais comme la rosée du matin.

– Merci, ma sœur.

– Tu vas bien, ma grosse ?

– Je vais normal. Donc pas hyper bien. Je stresse.

Je me mords la lèvre du bas et je me reprends :

– Mais t'es là. Et c'est cool d'être avec toi.

Un jour, Nada en aura marre de moi. Un jour, elle ira avec les meufs stylées, qui plaisantent comme elles respirent. Des meufs comme les grandes gueules du vestiaire de sport, par exemple.

– Tu sais, Loulou, ça ne fait pas de toi une personne faible de stresser. C'est juste un sale moment de ta vie.

– Ah merci, je réponds.

– Moi, je pense que tu es une personne forte et que demain ça ira mieux.

– Oui, demain, y a camion et Joe.

– Tu sais, il y a plein de gens qui ressentent ça. La dépression a augmenté de 80 % chez les jeunes depuis la maladie mondiale.

Sauf que moi, c'est pas la maladie mondiale. Au contraire, ça me calmait de ne voir personne pendant le confinement, pour le coup…

– Tu ne peux pas contrôler l'angoisse mais peut-être que l'angoisse va se lasser de toi.

J'éclate de rire :

– Nada, il t'arrive quoi ?

– J'ai passé une heure à mater des comptes Insta sur l'angoisse.

Je regarde sa tête lisse et dorée de poudre et je me marre.

Nada a une super belle peau, jamais l'air abîmée ou perturbée. Elle est grande, super élancée, des jambes magnifiques. Elle n'a pas du tout de poitrine, mais elle n'a jamais fait de remarque dessus.

Ses cheveux sont noirs comme du charbon et toujours brillants. Elle dit à qui veut l'entendre qu'elle ne met aucun produit dessus mais je ne crois pas.

Là, je la regarde avec sa tête qui a maté des comptes sur l'angoisse, et je sens mes abdos me brûler tellement je rigole.

Elle déplie sa main :

– Mate, j'ai pris des notes sur ce que je devais dire !

Impossible de déchiffrer ses pattes de mouche.

– Y a écrit quoi ?

– Tu veux que je reste un peu plus longtemps ? récite Nada.

– T'es chez toi, grosse.

– Tu veux du café ?

– Il est 22 heures et tu ne sais pas faire le café.

– Tu veux ma veste ?

– Il fait chaud.

On repart en fou rire.

– Mais, en vrai, ça fait quoi, l'angoisse ? me demande Nada.

– Ça part d'un truc stressant, je dis.

– Genre ?

– Genre mes notes, et est-ce que je vais passer en première générale. Ou alors, un mec. Ou alors, est-ce que je vais recevoir mon virement ?

– OK, des trucs auxquels tu tiens quoi. Mais, si je puis me permettre, t'as une pure moyenne ce semestre, tu vas bosser une semaine avec Joe et Arthur est ouf *in love* de toi.

– Ouais, mais, Nada, c'est comme un dialogue avec le Sheitan le plus con du monde qui ferait exprès de te répéter ce qui te fait flipper. Genre : tu n'es pas assez forte en cours, tu vas te trouer sur les participes passés, imagine que ta mère meure, Dina ira chez son père et toi t'iras nulle part, imagine que Nada te lâche pour se trouver une pote marrante.

Elle me fait signe de continuer en faisant des moulinets avec une main.

– Imagine qu'Arthur... me ghoste. Je n'ai pas de news de lui – juste un pauvre SMS avec un pouce.

Elle regarde l'intérieur de sa paume :

– Tu veux un câlin ?

– Nan.

– Écris-lui, c'est débile d'attendre. Ou appelle-le, elle me dit.

Et, comme elle le dit, ça semble archi évident que c'est ce qu'il faut faire. Zéro doute.

– Nada, pourquoi tu m'aimes ?

– Parce qu'avec toi, je ne me fais jamais chier. Tu ne te forces pas à dire des trucs. Tu ne mens jamais. Tu fais pas l'actrice comme moi. T'es comme un parfum qui aurait jamais la même odeur.

Je pleure un peu.

Nada aussi.

– T'es comme ma mif, tu vois, si t'étais pas là, ce serait pas vraiment ma vie. En plus, j'ai bien aimé lire tous ces trucs. Ça m'intéresse pas mal, la psychologie.

– Ah bon ?

– Bah oui. C'est cinq ans d'études, mais, comme tout le monde est en train de devenir psycho dans sa tête, il va y avoir pas mal de débouchés. Je me dis : entre la maladie mondiale, la vie normale et les violences policières, les gens vont avoir besoin de moi.

– Et les tutos ?

– Je peux être psy et influenceuse beauté, elle me répond comme si c'était évident. Et toi, écris à ton mec et arrête de faire la peuchère à deux centimes.

– OK. Je vais écrire à Arthur, mais demain pendant mon service. Et là, j'éteins mon téléphone. Tu peux aller le cacher ? Et aussi changer cette musique.

– Tu vois, ben je pensais pas du tout que tu dirais ça... Je vais cacher ton tél.

Quand Nada revient, elle met Pomme.

On brûlera

– Jeune âme, la chanteuse, nan ? je demande.

– Première vie, répond Nada. Comme toi. Elle ne doit pas rigoler tous les jours.

Et on écoute l'album en entier. En entendant toutes les chansons, je me dis que l'angoisse, on peut la faire fondre dans quelque chose.

Des notes de musique, un cornet de glace, une vidéo TikTok, le sommeil, l'amour, l'amitié.

Que l'angoisse ne pourra jamais me piquer Nada, ni maman, ni Dina.

CHAPITRE 19

I never sleep
Caus' sleep is the cousin of death.
Nas, *The message*

Arthur – 1er novembre – Camogli

Louisa,
Mes idées se mélangent, alors je t'ai écrit en grands axes. Désolé pour le côté formel et scolaire.

Axe 1 : TOI (excuses)
Sous-axe : venir sans être invité n'est pas correct et ne se reproduira plus jamais
Je n'aurais pas dû m'incruster chez toi comme ça. Je ne savais pas quoi faire, donc j'ai agi comme un chevalier en toc qui secourt une princesse qui n'a rien demandé. Parfois, je ne sais pas comment me comporter alors je me demande ce qu'un mec bien ferait. Un mec qui ne serait pas mon père, tu vois, qui en aurait quelque chose à faire

des gens qui l'entourent. Et j'imite. Mais c'était idiot car **je savais très bien que tu n'allais pas t'ouvrir les veines** dans la baignoire ou avaler de la mort aux rats. Je ne sais rien de ce que sont ces crises mais je sais que tu aimes la vie. La preuve : tu adores le rap, la mer, et faire des glaces. Trois choses très vivantes. Je sais que tu es heureuse. Je l'ai vu. Au moins parfois, peut-être même souvent. On n'a jamais parlé du bonheur, toi et moi, c'est dommage. Donc, si je suis venu chez toi le jour de l'incident, c'était parce que je voulais une réponse à mon message. J'étais plus **inquiet de la non-réponse** que de la « connerie » que tu pourrais faire. J'ai mal supporté l'attente. C'était **vaniteux**.

Sous-axe : parler de ce qu'on ne connaît pas est idiot et peut blesser

Je suis désolé d'avoir proposé de t'aider. C'est vrai, je ne sais pas ce que tu vis. J'en ai parlé à Pao (elle est en Italie avec moi) et elle dit que, souvent, on ne peut pas faire grand-chose pour les autres. Et que surtout, quand les gens ne nous demandent rien, il ne faut pas s'en mêler. Chacun a ses propres douleurs. Ce sont les choses du cœur et de la tête. Elles sont personnelles et impossibles à partager. (Exemple : mon père est un immense tocard, tu ne pourras jamais rien faire pour changer cela.)

J'ai beaucoup **réfléchi**, et j'ai compris que ta vie n'était pas un sac de courses. Que je ne pourrais jamais la porter pour toi. Et tu as raison, je ne sais pas ce que c'est de se lever et de ne pas savoir comment on va réussir à finir la journée comme j'ai lu dans le rapport d'incident. Moi, je me sens tous les jours pareil. Bien sûr, il y a des variations mais jamais au point d'aller à l'infirmerie.

Axe 2 : moi
Sous-axe : toi et moi (manque de mon côté – amour inchangé – amour renforcé)
Tu me manques. Je ne suis **pas malheureux**. Tu sais pourquoi ? Déjà parce que j'ai été tellement stressé en août quand tu as arrêté de me répondre que mon corps fait **un rejet de tristesse (ou de stress, je ne connais pas la différence)**. Et puis, quand bien même on ne se reverrait jamais, ce que j'ai appris avec toi, c'est que je n'avais pas la maladie des sentiments. Avant toi, je n'avais jamais été amoureux, même amouraché, même piqué. Rien. Je trouvais certaines filles mignonnes. D'autres intéressantes. Et quelques-unes les deux mais pas au point de les voir en tête à tête plusieurs fois de suite. Alors, juste le fait de savoir que mon cœur fait son taf, même si tu me manques, ça me va.
Et puis là, « ce qui doit arriver va arriver » comme chante PNL. Merci pour la reco. PNL, ça défonce.

Sous-axe : le reste de la vie (Italie = joie, ma mère = bof)
Je suis chez mes grands-parents à Camogli. J'aime cette saison en Italie, enfin dans le Nord en tout cas, c'est beau quand ça bascule dans l'hiver tout doucement. Il fait bon, les arbres et le ciel prennent des teintes démentielles. Ça s'appelle l'arrière-saison. J'aime cette expression, ma mère me l'a apprise. Je crois que ma mère ne va pas bien. Je t'avais dit qu'avec mon père, ce n'était pas la folie et ça se confirme. Mon père devait passer mais il n'est pas venu. Je ne sais pas si elle est déçue ou soulagée, car elle parle peu. Elle va rentrer à Marseille avant nous. J'aimerais bien que tu voies Camogli un jour (erreur de sous-axe, mais je n'ai plus de place pour le rajouter là-haut).
J'aimerais bien vivre là plus tard, pas tout de suite, mais un jour. Quand j'aurai 50 ans.

Axe 3 : nous
Sous-axe : dans le présent (tu m'as largué, je suis célibataire)
Dans le présent, je crois que tu m'as **largué**.

Sous-axe : (je t'aime)
Je suis profondément **amoureux** de toi, et j'aimerais être avec toi. Mais je ne vois pas comment tu pourrais ne pas l'avoir compris. Mais, je suis fatigué de te courir après.

Sous-axe : agenda
Moi, je vais rester plus longtemps que prévu en Italie, ça va me faire du bien. Je suis secoué par cette dispute avec toi. Même si c'était ma faute. Ma cousine organise une soirée d'Halloween. Je rentrerai juste avant la rentrée : **le samedi 7.**
Un sacco di baci (plein de bisous)
Arthur

Face à la boîte aux lettres de la place de la mairie, je respire un grand coup et garde finalement l'enveloppe dans la poche intérieure de ma veste.

Je n'arrive pas à la poster.

Je crois que je ne supporterais pas qu'elle me bashe encore une fois. Je finirais par être triste. Vraiment triste, voire abîmé. Et je préfère le vide à la tristesse.

CHAPITRE 20

Je suis un poids lourd,
J'ai mis KO l'amour.
Disiz, *Poids lourd*

Louisa – Samedi 7 novembre, 16 h 42

Après-demain, c'est la rentrée. Le ciel est d'un bleu bien propre. Pas l'ombre d'un nuage. Le mistral (ou ponant, ou tramontane), enfin le vent, quoi, les a chassés. C'est l'automne et il commence à faire froid. Tout le monde ne parle que de ça : le mistral, le vent glacé, température ressentie, vent à décorner les mimosas, bla, bla et bla.

Et ces deux phrases qui reviennent toujours :

« Ooooh, le mistral, c'est un pitbull quand ça t'attrape, ça ne te lâche plus. »

« Le mistral, ça fonctionne par jours impairs, ça dure soit 1, 3, 5 ou 7 jours. »

Joe a apporté un petit radiateur qui pue la poussière brûlée pour réchauffer le camion. C'est le même camion, le même patron, les mêmes faces de clients que cet été, mais la carte a changé :

J'ai atteint le niveau 4 du professionnalisme mais je n'ai pas le droit de faire les chichis moi-même. Balancer de la pâte à beignets dans de l'huile brûlante, c'est trop dangereux. Et puis, je ne suis pas pressée. Les crêpes et les gaufres, c'est déjà toute une affaire. Si on verse trop de pâte dans le gaufrier ou sur la crêpière, c'est la *fucking* cata.

Une fois que la crêpe a la forme de crêpe et que la pâte est bien répartie entre les dents du moule à gaufre, c'est du tout cuit (ou *fingers in the nose*, comme dirait Joe). Ensuite – neuf fois sur dix – les gens demandent du Nutella dessus et le travail est fini. Le Nutella, ça s'étale facilement, ça fond, mais pas trop. On a aussi confiture, crème de marron et sucre glace (aucun intérêt).

Avec Joe, c'est toujours la bonne entente. On parle un peu plus que cet été. On reste sur deux sujets : les clients et mon futur. Lui aussi, à mon âge, ne savait pas ce qu'il voulait faire de sa vie. Il me dit qu'il peut m'arranger des stages avec certaines de ses amies. Histoire que je me rende compte de ce qu'est la vie active. Fleuriste, institutrice, sage-femme, comptable, et même une actrice de théâtre.

Je suis allée une fois au théâtre avec le collège. On avait vu une pièce sur la solitude. J'ai détesté. Mais j'ai tellement détesté que je m'en rappelle super bien. J'étais hyper mal à l'aise pour les gens qui récitaient des phrases beaucoup trop longues sur un ton forcé. Il était beaucoup question de chelou et de ses synonymes : tempête, désarroi, fatigue de soi.

Alors que le chelou, c'est le chelou. Point barre.

Et j'ai détesté cette manière de montrer le chelou : trop de cris, trop de larmes, trop de bave, trop de « aaaah mon âme, quelle torture ».

J'étais vraiment mal pour les acteurs et les actrices (les pauvres).

À mon avis, je n'aurais jamais envie de faire ça. J'ai dit : « Super sympa, Joe, merci » et après on a dû se taper un petit silence gênant.

Hier, Joe m'a parlé de sa vie à lui. J'ai bien écouté et je crois que ce mec a une vie tout à fait correcte. Certes, il sent la friture d'octobre à Noël mais de janvier à Pâques (fin avril), il part faire de la plongée dans les pays chauds.

J'aimerais savoir si Arthur trouve que c'est une belle vie. 180 983 984 fois par jour, je me demande ce qu'il penserait de ce que j'entends. Ça me manque. Son avis sur le mistral, les pesticides dans la crème de marron, les nouvelles vagues du virus mondial.

Mais, depuis ma crise et son cambriolage d'intimité, je n'ai pas eu beaucoup de nouvelles de lui. Juste une réponse au SMS que je lui ai envoyé chez Nada. Un message un peu naze et qui disait « ça roule, on parle à mon retour, c'est mieux ». Je voulais lui dire que je ne lui en voulais plus d'être venu à la maison. Qu'il m'avait énervée mais que la colère, ça passe toujours. Mais puisqu'il a dit « à mon retour », eh bien, je respecte.

Même si j'en ai zéro envie, de ce respect.

À la rentrée, je suis convoquée chez la psychologue scolaire pour « faire le point sur ma *situation* ».

(Ça rassure beaucoup ma mère.)

(Je ne sais pas ce que j'en pense.)

(Pas grand-chose, je dirais.)

Bref, ça irait mieux si Arthur m'écrivait comme cet été.

(C'est-à-dire tout le temps.)

Tout ce que je sais c'est qu'il est en Italie.

Et il veut attendre son retour pour parler, ce qui veut dire :

1/ qu'il veut me quitter parce qu'il n'en peut plus de ma gueule (logique).

Ce qui voudrait dire que j'ai tué l'amour, comme dans la chanson de Disiz. Ce qui voudrait dire que le chelou a gagné.

Ça me stresse beaucoup. J'y pense environ 1 780 987 639 fois par jour. Heureusement qu'on a tous nos clients qui parlent sans qu'on leur pose de questions. Et heureusement que Dina est dans une phase hyper chiante de sa vie et que la pourrir m'occupe tôt le matin, et tard le soir.

2/ qu'il veut recommencer notre relation.

(J'espère de toute ma jeune âme que c'est ça.)

Quand le stress d'Arthur amène trop de chelou, je vais sur *Pronote*. Je reprends toutes mes notes de l'année, je les additionne et je divise le chiffre par le nombre de notes (14). Ça s'appelle faire une moyenne, et jusqu'ici j'ai 13,2. Je revérifie dix fois par jour au cas où des profs auraient ajouté des notes qui feraient chuter la moyenne. Mais non. Elle ne bouge pas. Un gros 13,2. Si c'était le bac j'aurais même une mention.

À chaque fois que je lis mon score, ça m'envoie un shot de joie qui s'appelle de la sérotonine – hormone du bonheur selon la prof de biologie. Le 13,2, je le dois au 20/20 de Cornit. Et aussi à un devoir sur table sur les figures de style (elle appelle ça « contrôle de connaissances »), j'ai eu 15.

Si on enlève ces deux notes, je plonge à 12,1.

J'ai cru que ma mère allait pleurer de joie quand elle a su. Ce que je ne lui ai pas dit, c'est que Cornit n'a pas sanctionné mes fautes d'orthographe pour le devoir sur table. Elle les notera en janvier. Le temps que la méthode « Zéro fautes » fasse effet. Car elle m'apprend des techniques d'orthographe et de grammaire. Elle me prend dix minutes avant les cours et dix minutes après et on revoit ensemble les règles que je devrais déjà connaître.

Apparemment, grâce à sa méthode, écrire sans fautes va devenir un automatisme.

Nada dit qu'il n'y a rien de plus drôle dans la vie qu'une prof qui ressent de la culpabilité.

(Je suis d'accord.)

Dommage que la prof de maths ne se sente pas coupable de la souffrance que je ressens dans ses cours (je capte R).

– Attention, il est bientôt 17 heures. La cliente mystère va arriver, me dit Joe en me donnant un coup de coude.

Ça fait trois jours qu'elle est revenue. Antonia est un type de cliente à elle toute seule. Hiver comme été, elle est muette. Ça donne :

« Bonjour » + sa commande (jamais la même, on dirait qu'elle décide pendant qu'elle parle) + « s'il vous plaît en italien » (« *per piacere* ») + « merci ».

Elle donne toujours 10 euros et ne récupère pas sa monnaie. On atteint parfois 8 euros de pourboire. Joe me les donne et je les garde dans une enveloppe spéciale. Je me dis que, si un jour Arthur me rappelle, je l'inviterai au MacDo avec cet argent.

Ce sera comme un retour à l'envoyeur. Nada pense que je suis débile et qu'il faut garder l'argent des riches parce qu'ils l'ont forcément piqué à des pauvres comme nous.

(Je ne suis pas forcément d'accord.)

Elle dit aussi que dans la vie il y a ceux qui peuvent inviter, et ceux qui peuvent se faire inviter.

(Je suis d'accord.)

(J'espère que je serai les deux un jour.)

Je repère Antonia de loin sur la piste cyclable. Elle est comme un grand trait de paillettes dans le paysage. Ses vêtements sont de couleur dorée. Son chignon tient à l'aide d'un vieux pinceau.

Aujourd'hui, malgré le vent, elle porte une robe, des sandales et un grand gilet qui descend jusqu'aux genoux. Bras croisés sur son ventre, elle avance vers le camion. Elle a l'air de galérer à avancer.

Une fois arrivée, elle se plante face à nous et ne dit rien. Je dis bonjour. Joe dit bonjour. Elle reste immobile. Ses énormes lunettes de soleil couvrent son visage des sourcils aux pommettes.

– Vous allez bien, madame? je demande.

Pas de réponse.

– Madame, ça va? Je peux vous offrir un vin chaud, c'est moi qui l'ai préparé, dit Joe.

Silence. Mais silence qui parle. Très lentement, elle retire ses lunettes. Et, là, c'est très violent. Elle a un cerne bleu-noir sous l'œil droit. Le pire, le plus dur à regarder, c'est l'intérieur de l'œil. Rouge et plein de sang, comme s'il avait éclaté. Son nez est gonflé, jaune et lisse comme du plastique. On ne dit rien. On ne peut plus demander: « Ça va? » À travers son gilet aux mailles hyper détendues, j'aperçois des blessures. La coupe et la matière de ce gilet laissent passer toutes les couleurs des bleus. Bleu, marron, violet.

Ce que je me dis, c'est que là, pendant que l'huile bout derrière moi, que le mistral souffle, que ma sœur est au centre aéré, il y a un cinglé qui a fait des bleus à cette femme. Je dis « un », parce qu'il y a 0,000001 % que ce soit une femme, et ça, tout le monde le sait.

Je dois rester avec elle. Parce que si moi, je suis là, alors le mec n'osera pas la toucher. Je ne me suis battue qu'une fois, mais j'ai pété un nez sur le coup. Je suis redoutable si on me cherche, et la personne qui a fait ça, si elle ose faire un pas vers elle ou vers moi, elle va le regretter toute sa vie.

Alors, je sors du camion par le côté et je m'avance vers elle pour lui prendre la main. Je choisis sa main car je ne veux pas la toucher là où elle a déjà eu mal (bras, épaule, visage). Sa main est archi douce. Ça glisse presque.

– On va où maintenant ? je demande.

– Louisa, ce n'est pas à toi de t'occuper de ça. Gère le camion. Je m'occupe de la cliente, me coupe Joe.

Joe, c'est sûr qu'il est moins redoutable que moi. Joe, je l'aime bien, mais il est un peu mou.

– C'est Antonia. C'est la mère d'Arthur, mon copain. Je préfère l'accompagner.

Je suis obligée de dire ça, car sinon Joe va vouloir prendre la situation en main et franchement, pour parler avenir et gaufres, pourquoi pas, mais pas pour protéger la mère d'Arthur.

Même en entendant ça, Antonia ne relève pas la tête.

On ne se connaît pas, elle n'a aucune idée de qui je suis (ou de qui j'étais) pour Arthur. Mais on est quand même plus proches, elle et moi, qu'elle et Joe.

– Tu es mineure, enfin. C'est illégal de te laisser partir avec une cliente en...

Il ne finit pas sa phrase.

– Nan, mais, vraiment, je la connais, je dis.

Antonia ne réagit pas. Elle ne regarde nulle part.

– OK. Mais tu réponds au téléphone dès que je t'appelle, sinon je préviens les flics.

L'avantage quand on ne demande jamais rien à personne, c'est que le jour où on le demande, personne n'ose dire non.

*

* *

Les bruits de la rue prennent de la place entre Antonia et moi. Ceux des scooters surtout et, par bourrasques, les sifflements du vent. Je lui mets doucement ma doudoune sur les épaules. Elle lève les bras pour que je l'aide à enfiler les manches.

– Elle sent le beignet frit mais elle est chaude, ma doudoune, je dis.

– Merci. Tu connais Arthur, alors ?

Ça me rassure qu'elle pose une question normale, enfin, bien dans son contexte, quoi.

– Oui. Je l'aime beaucoup. Il est merveilleux.

(Je n'ai jamais dit « merveilleux » à voix haute.)

(C'est bizarre et je ne sais pas s'il est merveilleux, Arthur – il est super mais merveilleux dans le sens surnaturel, ça ne lui va pas trop comme mot.)

– Je pense qu'il est rentré à la maison, ça y est. Il va être surpris que je ne sois pas là pour l'accueillir. Et surpris que je ne sois pas venue le chercher. Ça fait neuf, dix heures de bus, quand même. Mais je ne pouvais pas rester dans cet endroit où il m'a battue. Tu comprends ça ?

– Oui. Bien sûr. Ça s'est passé chez vous ? je demande.

Et, d'un coup, je capte que ça doit être le père.

Elle inspire de l'air, mais je n'entends pas l'expiration.

Et puis, elle se met à parler avec des fautes de français et très vite, comme une mitraillette qu'on vide sur une cible. Je dois me concentrer très fort pour ne pas fixer son œil. (Est-ce qu'il va survivre, son œil, avec tout ce sang ?)

Si je répète la fin de ses phrases dans ma tête – c'est souvent le plus important : le début, on peut deviner –, j'arrive à la suivre.

Ça donne :

– Il a toujours levé la main mais, avant, il la baissait avant de frapper. Je pensais qu'il ne le ferait jamais et que sa violence était dans le verbal. Il s'est mis en rage parce que les enfants n'étaient pas à la maison pour l'accueillir hier. Je n'ai rien dit, je n'ai pas dit que les enfants préféraient rester en Italie. Et, là, il m'a reproché mon *silenzio* et ensuite il m'a reproché de laisser les enfants faire ce qu'ils veulent. Mais ils sont libres, Paola et Arthur, maintenant. Ils sont assez grands pour choisir. Voilà ce que j'ai dit, et le mot « libres », il ne l'a pas supporté. Et il avait la rage, c'était comme un enragé et il m'a frappée dans tous les sens.

Les mots d'Arthur à propos de son père, je les ai toujours ignorés (toquard, embrouilles, sale type). Il m'en a souvent parlé, mais je ne les ai jamais pris au sérieux. Je crois que je suis restée d'accord avec Hakim quand il a dit qu'on a tous des problèmes avec nos darons.

J'ai continué à le penser même quand j'ai su que le père d'Arthur était parfois méchant. Je ne pouvais pas m'empêcher de penser que son père, au moins, il le connaissait, il savait qui c'était. Un mec qui vend des bateaux et qui en fait profiter tout le monde avec une maison de la taille d'une école.

– Je vous amène quelque part ?

– À la maison trouver Arthur.

– Et votre mari ?

– Il est parti.

CHAPITRE 21

Y avait le père, le fils,
Mais il manquait le Saint-Esprit.
Lorenzo, *Le daron*

Arthur – 7 novembre

Je ne crois pas au surnaturel, ni en Dieu. Je ne crois qu'au réel, à ce qui se voit avec les yeux, se sent avec le nez, se touche avec les doigts.

Je n'ai jamais de prémonition, pas de pressentiments. Je vis, je vois et j'improvise rationnellement. Comme un être rationnel.

Rationnel, dixit Cornit, c'est agir avec sa raison et pas avec ses nerfs, ou ses sentiments, ou ses pulsions. Pour moi, c'est important d'être rationnel, et c'est très spontané en plus. Je pense comme il faut et je fais ce qu'il faut. Donc l'astrologie, les religions, les impressions, tous les trucs impossibles à prouver avec une photo ou une vidéo non truquée, je n'y crois pas.

Mais cet après-midi, quand j'ai ouvert la porte de la maison, j'ai senti dans mon corps que quelque chose n'allait pas. Ma mère n'était pas là, mais j'ai *senti* qu'elle avait été là peu de temps avant.

Comment l'expliquer ?

C'est impossible à prouver, mais j'ai senti dans les fibres de mon corps que la maison avait des choses à dire. Je suis monté dans la chambre de mes parents et j'ai vu la tringle à rideau et le rideau au sol. Et un tableau de travers, prêt à se fracasser, chose que ma mère n'aurait jamais laissé passer dans sa chambre.

Mon corps s'est couvert de peur, transpiration, frissons, drôle de goût dans la bouche. Je suis sorti. Dans la petite montée qui mène aux villas, j'ai cru voir un mirage de type surnaturel, une hallucination mentale.

Le mirage, c'était ma mère tassée comme une ancêtre, avec la doudoune de Louisa sur le dos, et Louisa qui lui tenait la main.

Louisa n'a jamais tenu ma propre main, et là elle tient celle de ma mère. Et quand les deux me voient, elles baissent la tête. J'ai tout de suite pensé à Pao.

Parce que, depuis que je suis petit, j'ai peur que Pao meure.

Évidemment, je sais qu'elle va mourir un jour mais je veux mourir avant elle, en moyenne les hommes meurent avant les femmes, donc j'ai une chance que ça se produise.

Quand ma mère est arrivée devant moi, elle a levé les yeux vers la maison et elle a dit :

– *Non posso*[1].

---

1. Je ne peux pas.

Maman a bifurqué dans le jardin, mais il faisait très froid. Je suis allé la voir et je lui ai pris le bras.

– Maman, il se passe quoi ? Où est Pao ?

Ma mère claquait des dents. Elle pleurait aussi. Je ne voyais pas ses yeux à cause des lunettes de soleil mais je voyais les larmes qui coulaient en dessous.

– Louisa, c'est quoi, ce bordel ? Où est ma sœur ?

– Je ne sais pas, mais c'est pas ta sœur le problème. C'est ton père, a répondu Louisa.

– Il est mort ?

Ce n'était pas moi qui parlais, c'était autre chose : une somme de réflexes. Je savais déjà que, quand je connaîtrais la vérité sur ce qui se passait, toute ma vie serait différente. D'un coup.

– Non...

Louisa tenait toujours maman par la main et elle a parlé. Ça a duré sept phrases. Du pur Louisa.

– Comme tous les jours à 17 heures, ta mère est venue chez Joe aujourd'hui. Elle n'a pas réussi à passer sa commande. Elle a retiré ses lunettes puis son gilet. On est parties toutes les deux et elle m'a dit que ton père l'avait battue. Parce qu'elle a parlé de liberté. De la tienne et de celle de ta sœur. Elle a demandé à venir te voir. Voilà.

Ma mère a baissé la tête comme si la main de mon père était encore au-dessus de sa tête. Ses lunettes ont glissé. Quand j'ai vu son visage, mes jambes ont refusé de me porter debout plus longtemps. Je me suis retrouvé à genoux dans le gazon mouillé. Ma mère s'est effondrée dans la même position que moi – genoux dans la terre. Pile en face. Je l'ai prise dans mes bras et, après, je me suis forcé à la regarder bien en face. C'était il y a trois heures et je ne sais toujours pas comment j'ai réussi à la regarder.

Car mon père ne l'a pas battue. Non. Il l'a maravée, éclatée, défoncée.

Ce n'était plus ma mère. C'était ma mère à moitié.

J'ai répété :

– C'est pas vrai, pas possible, il n'a pas fait ça ?

Et j'ai demandé pardon à ma mère. Si j'étais rentré plus tôt d'Italie, j'aurais été là et ça ne serait pas arrivé. Je ne contrôlais plus rien du tout de ce que je disais, de ce que je faisais. J'agrippais ma mère et je la serrais contre moi, comme pour la réparer de ce qui venait de se passer.

Quand j'ai eu fini de pleurer, Louisa m'a embrassé sur les cheveux. Elle a serré fort la main de ma mère comme si c'était un petit butin et elle a dit :

– Je suis désolée, je suis vraiment désolée de ce qui s'est passé. Ce mec est une sale pourriture qui doit payer. Et très cher.

Et puis elle est partie.

C'est là que ma rage s'est propagée.

Depuis, elle n'a pas bougé. Mon corps est brûlant. Les Robert nous ont recueillis tous les deux.

Je ne suis pas un être irrationnel, mais ce qui passe dans mon corps, c'est une pulsion.

Une pulsion archi violente : j'ai envie de tuer mon père.

C'est tellement fort que ça efface l'image de Louisa, celle de Pao, celle de Nonna et Nonno. Ça efface les odeurs de l'Italie, la mer et le soleil.

Tout ce que je vois quand la rage se calme un peu, c'est l'œil rouge plein de sang de ma mère. Son œil. Le même que le mien. Super bleu. Et dans le bleu, du sang.

Maman est à l'hôpital avec Francine Robert, la voisine, dans un service qui s'appelle les urgences ophtalmiques.

J'ai proposé de venir mais, quand ma mère a dit « Reste ici », je ne me suis pas fait prier. Parce que, là, j'attends que mon père rentre chez nous pour le tuer.

Quand j'entendrai le moteur de son 4 × 4 d'assassin, je le tuerai.

Il sera réduit en poudre, invisible, indolore, incolore, réduit au néant.

Le moteur que j'entends, c'est celui de la mère Robert qui ramène maman. Je suis installé dans la chambre de Fred, qui dort chez sa copine. Je n'ai même pas le cœur à rigoler sur le fait que Fred Robert, que j'ai toujours pris pour un bizut, un éternel puceau, ait une copine. En ce moment, si ça se trouve, il est en train de dépasser la balise et moi, je suis là comme un con à attendre mon père.

Les paupières luisantes de crème, ma mère apparaît.

– L'œil ira bien. Je vais aller porter plainte au commissariat. Tu viens avec moi ?

– Tu ne veux pas plutôt qu'on l'attende ici pour le buter ?

– Honnêtement, non. Je préfère porter plainte et ne plus jamais le revoir. En plus, les Robert nous dénonceraient. Tu sais bien comment ils sont.

CHAPITRE 22

Je veux du sublime, du sublime.
Du beau, du vrai, du pur, du sublime.
Disiz, *Sublime*

Louisa – Dimanche 8 novembre

Dehors il fait dégueulasse. Une pluie franche avec des gouttes énormes et gelées tombe du ciel. Je me suis trempée sur le chemin du retour du camion. Je fais sécher mes fringues dans l'entrée, bisou à ma mère, bisou à ma sœur.

– Loulou, tu m'as ramené un goûter ?

– N'hésite pas à dire bonjour, Dina.

– Bonjour, Dina. Bon, tu m'as ramené une gaufre, Loulou ?

Je crois qu'elle a enfin compris l'ironie.

– Non, je ne t'ai pas ramené de gaufre, frérote. Elle aurait été mouillée. Mais pour le Black Friday on achètera un gaufrier. Ça pourrait être cool, non ?

– Ouais, dit maman. Si c'est pas cher.

Ma maman ne sait pas que dans ma poche de jean j'ai une enveloppe de pourboires. Personne ne le sait sauf Joe. Joe qui m'a dit qu'il y avait 150 euros en petites coupures. Avec l'enveloppe de cet été, ça fait 450 euros. Je vérifie qu'elle est toujours là et je ferme le verrou de chez nous.

Arthur m'écrit :

A : Traumatisme à globe fermé, petite hémorragie, intégrité du globe oculaire non menacée. L'œil vivra. Ma mère en lambeaux, moi aussi, réfugiés de violences domestiques chez les Robert. Bizarre car très proche de la scène de crime. Merci pour hier, Louisa.

Je respire un grand coup et j'y vais :

Moi : Un jour tu m'as dit je t'aime au pire moment. Eh bien moi aussi, je t'aime.

A : Ma mère a déposé plainte. Mon père est « en fuite ». Aucune nouvelle de lui.

A : Je t'aime aussi.

Je vais dans mes photos, je remonte au mois de septembre. Au temps de la balise. Avant que tout parte en vrille. Je choisis la dernière de nous deux à la plage de la Lave. On est joue contre joue, cheveux mouillés, pas au top de nous-mêmes. Mais pas mal aussi. Je poste la photo sur Insta.

Et, comme légende, j'écris :

Je veux du sublime, du sublime
Du beau, du vrai, du pur, du sublime
#disiz#lesâmes#beloeil#àdemain

CHAPITRE 23

Ain't nowhere to run to.
There ain't nothing here for free.
Brother Ali, *Freedom ain't free*

Arthur – Samedi 20 novembre, 15 heures

Sur la photo de Louisa que j'ai repostée sur mon compte Insta, j'ai de nouveaux likes et des tas de commentaires qui tombent encore tous les jours. Pourtant, ça fait deux semaines.

Le premier a été celui de Nada : « *Les gens qui t'aiment pas te feront payer, le courage d'être toi, celui d'essayer* », la suite des paroles de Disiz. Elle s'adresse sûrement à Louisa, cela ressemble à une déclaration d'amitié incrustée dans MA déclaration d'amour. Mais cela ressemble aussi à une bénédiction, Nada nous autorise à être ensemble.

Ça m'énerve, mais il vaut mieux l'avoir dans la poche, cette fille, si je veux que ça se passe bien avec Louisa. Je lui fais la bise quand je la croise. C'est un témoignage d'amitié fort car depuis le virus on se check, plus de bise, plus de câlins gratuitement. Un jour devant le lycée, on a parlé, Nada et moi, en attendant Louisa. En sept bonnes minutes, on a eu le temps de débriefer le *Drag Contest* et d'insulter Cornit (on ne s'en lasse pas).

D'autres followers ont posté des commentaires. Des filles surtout :

Pao a écrit : « *Love is all, yes love is all.* » Mes cousines italiennes ont envoyé des félicitations en italien.

Hier, mon père a osé un : « Joli couple, fils. » Sur le coup, ça m'a foutu des frissons sur les mollets de voir associés : « joli » et « couple » pour parler de nous. Et puis, dans la seconde qui a suivi, j'ai réalisé de qui venait la phrase. De cette ordure qui n'est jamais repassée par la maison et qui se cache à Toulon chez un ami en attendant son jugement. Je l'ai viré de mes followers et j'ai écrit à Insta pour le signaler. « Il a frappé sa femme », ça m'a fait du bien de l'écrire.

Le visage de ma mère porte encore les marques de ses coups et, même après deux semaines, le sang ne s'est pas totalement résorbé dans son œil. On ne saura que dans plusieurs semaines si sa vue a baissé sous l'effet du choc.

Depuis, on vit chez les Robert.

Cet après-midi, je passe chez eux pour récupérer mon sac d'aviron. Je ne sais pas pourquoi, mais j'ai envie de couper par notre jardin, et pas par leur portail, pour rentrer chez eux. Je ne l'ai pas fait depuis plusieurs semaines. J'escalade le portail de notre villa, je traverse la pelouse. La piscine est bâchée, le cabanon, fermé avec un cadenas. La clé est dans la chambre que j'occupe chez Fred le ouf, sur une table de nuit. Ça me met le cœur en miettes de passer ici, parce que c'est fini, cette vie-là. Maintenant, je commence une autre vie, mais je ne sais pas laquelle.

Les Robert, je regrette de m'être foutu d'eux toute ma vie. Ils sont gentils et accueillants. À mon avis, ce sont des agents de Jésus parce qu'on se sent vraiment les bienvenus ici. Mais, pour être honnête, elle me pèse, leur gentillesse. C'est comme si ça leur faisait un peu trop plaisir d'aider. Comme s'ils étaient un peu trop contents d'être ceux qui peuvent aider, et pas ceux qui ont besoin d'aide. Ils nous répètent qu'on peut rester là tant qu'on en aura besoin. Moi, j'avoue que je préfère être seul, et surtout avec Louisa.

J'évite les dîners tous ensemble. Je viens par politesse une fois sur trois. Et aussi pour ne pas laisser maman avec papa Robert qui raconte ses histoires d'assureur (elle a assez souffert comme ça). Quand je dîne dehors, je retrouve Louisa et on s'envoie des kebabs, des tacos et des MacDo. Quand Émilie rentre tard et que la petite est chez son père, on mange des pâtes à la tomate chez elle et je repars comme un voleur. On s'embrasse beaucoup. Tout le temps, même.

Je toque avant d'entrer chez les Robert, même si Francine m'a demandé de ne pas m'annoncer. « Car ici, c'est chez toi », elle m'a dit. Mais je n'y arrive pas. Il ne suffit pas de le dire pour que ce soit vrai. J'ai entendu à la radio que l'amitié met du temps à se construire. Des fois, j'aimerais le dire aux Robert.

Ouf ! Ce soir, il n'y a que ma mère, toute seule devant son minestrone dans le salon.

– Ça va, mam' ? je demande.

– Oui.

– Ils sont où, les Robert ?

– Au cinéma.

– Tu ne voulais pas y aller ?

– Non, j'ai besoin de te parler de quelque chose.

– Si t'as un nouveau mec, je veux une copie de son casier judiciaire.

– Euh non, mais j'ai de bonnes nouvelles. J'ai trouvé un appart ! Viens voir la vidéo.

– Alllllez, là ! On va partir d'ici ?

– Dans une semaine ! Pour le moment, ils refont la peinture.

– Génial. Merci, les Robert, mais j'en peux plus de ne pas avoir d'intimité.

– Ah oui, eh bien, question intimité, ce ne sera pas l'idéal, mais on sera chez nous.

Sur la vidéo, on entend le rire de maman et des scooters qui passent dans la rue. Dix-sept secondes suffisent à filmer l'intégralité de l'appart composé d'une pièce principale avec cuisine, salon, bureau, chambre d'amis (un vieux canapé). Puis un couloir très étroit, un bout minuscule de salle de bain avec toilettes intégrées et une seule petite chambre.

Pas de balcon, pas de jardin, pas de vue.

Au jeu de qui a le plus bel appart, on perd contre tous les gens que je connais, même Louisa.

– Bon, tu sais, c'est provisoire, me dit-elle.

– Oui, papa va lâcher du fric après le jugement qu'il va perdre.

Papa a déjà proposé de l'argent, mais personne n'a accepté, sauf Pao, qui est bien obligée. Parce qu'elle vit à Paris, où les loyers coûtent un bras d'humain.

– Je ne le prendrai pas, dit ma mère.

– Pardon ? je bafouille.

– J'ai trouvé un boulot.

– Tu as déjà un boulot. Tu es sculptrice.

– Mais je ne gagne pas ma vie, alors que la définition d'un boulot, c'est gagner sa vie, gagner de quoi nous faire vivre, tu vois.

– Tu vends des sculptures.

– J'en vends très peu. Et, là, je n'ai plus d'atelier, l'atelier est dans la maison et je ne veux plus retourner là où j'ai été battue. En plus, j'ai perdu mes idées et mon envie de sculpter. Ce n'est pas tenable comme système.

Émotion mais grammaire parfaite. Ma mère est très sûre d'elle sur ce coup.

– C'est quoi, ce boulot ?

– Je vais faire des ateliers d'arts plastiques dans des écoles tous les soirs. Et *La poterie de la lune* dans le centre de Marseille m'a proposé de donner des cours à des enfants le mercredi et les vacances. Si j'additionne les deux contrats, ça passe pour le loyer. Ça ne me fait pas gagner beaucoup, mais j'ai de quoi payer pour nos frais. Heureusement, l'aviron est déjà payé. Et Nonna et Nonno t'offriront tes billets pour aller leur rendre visite. Il y aura des APL aussi.

– C'est quoi, ça, les APL ?

– Aides Pour le Logement, je serai éligible car mère célibataire. Et puis de la CAF, je toucherai l'argent, sauf si tu pars vivre chez papa.

Elle vient sérieusement de prononcer les mots « vivre » et « papa » côte à côte sans trembler ?

Ma mère, elle est comme Pao et moi, mais en tout cas on n'est pas du genre à faire des manières pour qu'on nous retienne. Elle envisage sérieusement que je parte avec mon père ?

– Tu es folle, ou quoi ? Je ne veux plus jamais, jamais, jamais revoir sa sale face. Pour l'appart, peut-être que Nonno et Nonna pourraient nous aider ?

– Je voudrais une fois dans ma vie gérer tout ça moi-même et sans mec.

– Nonna, c'est un mec ?

– Le fric de Nonna et le fric de Nonno, c'est pareil, c'est le fruit de leur travail au resto. Et moi, je n'y ai pas travaillé ces vingt dernières années. De quel droit je toucherais du fric dessus ?

– Tu auras le fric à leur mort, qu'est-ce que ça change ?

– Ça change que je veux me débrouiller sans parents, et sans mec. Je veux être seule. J'ai presque 50 ans, il est temps, non ?

Elle l'a dit dans le feu de la discussion, mais elle l'a dit quand même. Elle veut être seule.

– OK.

– Je ne parle pas de toi, Arthur. Je t'aime plus que tout. Partout où je serai, tu seras toujours le bienvenu pour passer, ou rester. Chez moi, c'est chez toi. L'appart est petit, mais on va se débrouiller. Je dormirai dans le salon et tu auras la chambre.

– J'ai une course. Je dois y aller. Je suis juste repassé prendre mon sac d'aviron. Tu vas pouvoir être tranquille.

*

* *

On est devant le *Petit Naples* avec Louisa qui a proposé de venir me voir. Le *Petit Naples*, c'est un restaurant où on atterrit toujours après l'entraînement.

Je lui ai demandé soixante-dix fois d'assister à une compétition.

– T'es beau, putain, tu m'énerves à être aussi beau, dit Louisa en m'embrassant.

Les baisers, parfois, elle les conduit. D'autres fois, c'est moi qui décide où vont nos bouches, quand on commence et quand on arrête.

– Et toi, t'es quoi ? je demande.

Elle est tellement jolie, la couleur mouvante de ses yeux, son sourire, les moments où son visage se brusque. Elle ne sait pas qu'elle est belle, on dirait qu'elle s'en fout. Qu'elle veut juste marcher sans qu'on la remarque.

– Je suis une spectatrice qui va te mater pendant la course. Dommage que tes fesses soient cachées dans le bateau.

Fesses ? Jamais elle n'a parlé de mes fesses. Ça me fait du bien, ça me chauffe le corps de l'entendre dire le mot « fesses ». « Fesses » devient un mot à nous, un mot à ajouter dans notre vocabulaire.

→ balise → âme → fesses → couple → sublime → œil → jugement.

– OK.

Elle m'enserre avec ses bras, nos doudounes s'aplatissent l'une contre l'autre et se vident de leur air. Je sens sa poitrine contre mon ventre quand elle glisse la main dans la poche arrière de mon jean.

– Rame-bien, Arthur. Je t'aime, tu sais.

Il y a deux sortes de « tu ».

1) Le « tu » qui n'est pas un « vous » parce qu'on connaît déjà les gens ou qu'ils ont notre âge.

2) Et le « tu » un peu unique – le « tu » qui ne regarde que nous deux.

Je t'aime, tu sais.

CHAPITRE 24

On se faisait la compét', genre qui est le plus fly.
Oxmo Puccino, *À ton enterrement*

Louisa – Samedi 20 novembre

Sur le rivage, on est agglutinés comme des mouches autour d'un Kinder fondu.

Il y a de vieux fans super équipés avec des chaises Quechua. Que des hommes d'environ 70 ans qui murmurent des trucs entre eux en montrant les eaux du port. Ils ont de petites jumelles noires comme s'ils étaient venus observer les oiseaux.

La moyenne d'âge du public doit taper dans les 50 ans.

Il y a aussi plein de filles et il ne faut pas qu'elles croient que je suis sourde, car je les entends parler d'Arthur, qu'elles appellent Celentano. À force d'écouter ce qu'elles disent, je comprends qu'elles sont les membres de l'équipe féminine des moins de 18 ans. Le torse en X, avec des épaules bien dessinées, et des fesses musclées, elles sont canons.

Mais, en regardant par-dessus leurs épaules, j'arrive à voir les bateaux qui s'alignent.

Le début de la course est donné par un arbitre et un drapeau. Les six bateaux partent en même temps. Une voix dans le haut-parleur annonce que la course régionale de quatre sans barreur est lancée. Un barreur, c'est celui qui dirige et qui donne des ordres au lieu de ramer. Mais, là, il n'y en a pas.

Le bateau de l'Estaque est bleu ciel mais j'ai du mal à ne pas le lâcher des yeux.

De loin, on dirait des libellules qui se courent après. Je fais des efforts de l'enfer pour ne pas perdre de vue Arthur qui rame à l'avant avec une seule pelle (c'est comme ça que les filles devant moi appellent le truc que les sportifs plongent dans l'eau pour avancer).

J'ai les oreilles glacées par le vent. Je galère à suivre les actions. Mais je m'accroche. Je fixe Arthur qui est tout le temps en mouvement. Je le regarde, je ne l'ai jamais autant regardé et je me sens loin de lui.

J'aime bien le voir tellement concentré. Cet après-midi, Arthur est un inconnu qui vit dans une autre galaxie. Une galaxie de canards, de bateaux, d'ampoules sur les paumes.

C'est comme si on ne s'était jamais croisés chez Fred le ouf.

Tous les spectateurs font « Allez ! » en même temps. Un « Allez ! »

sorti tout seul. Mais pas étouffé genre « ouh lala, ça craint ». Un « Allez ! » joyeux. Le bateau de l'Estaque passe devant. Enfin, glisse devant. La mer est toute calme. C'est pas moi qui le dis, mais le commentateur. Il parle de conditions marines favorables.

J'entends dire qu'Arthur assure. Et je vois surtout les autres bateaux qui font parfois des arrêts un peu chelous avant de repartir aussi sec.

Je comprends maintenant ce qu'Arthur veut dire quand il parle de synchronisation.

– Tu kiffes l'aviron maintenant ? dit une voix sur le côté.

La plus belle voix du monde : un peu rauque, un peu dure. Je double-sursaute. Déjà parce que j'étais en train de tranquillement plisser les yeux pour ne pas perdre Arthur et son bateau. Et aussi parce que je ne m'attendais pas à croiser la Queen. Nada, en personne. Nada qui a maintenant 10 000 abonnés mais préfère traîner avec moi.

– Pas trop, je réponds.

– Bah, viens, on se taille.

– Nan, il faut que je reste, ma sœur.

– Pourquoi ?

– Parce que j'ai promis de suivre la course.

– En entier ? T'as promis de la suivre en entier ?

– Ça dure 650 mètres, t'inquiète, mais la question c'est : pourquoi toi, tu es là ? Tu ne devais pas aller à une manif à la Viste ?

La Viste est le pire quartier de dealers de Marseille.

– Si. Ce n'était pas une manif, c'était une marche blanche pour le frérot assassiné.

(Un frérot = un gars de moins de 18 ans.)

(Assassiné = assassiné (je pense).)

(Marche blanche = manif (je crois).)

– Et pourquoi tu n'y es pas allée ?

– Annulée pour cause de débordements redoutés.

– Ça veut dire quoi ?

– Ils ont eu peur qu'on perturbe l'ordre public.

– C'est quoi, l'ordre public ?

– Les poubelles, les vitrines, les voitures...

– Ah, OK. Et qu'est-ce que vous auriez fait avec l'ordre public ?

– Rien. Mais ils ont eu peur qu'on brûle des poubelles, qu'on pète des voitures. Je déteste la police, Louisa. Je les déteste.

(Je ne sais pas si je suis d'accord.)

(Arthur m'a dit que le jour où sa mère a porté plainte, le policier avait demandé une preuve que c'était bien son mari qui lui avait fait ça.)

(Donc il y a du vrai dans ce que dit Nada, car la police a l'air d'avoir du mal à croire la vérité.)

– Et tu t'es dit : « Tiens, si je venais voir la course d'aviron à la place ? »

– Nan, mais t'es malade ou quoi ? C'est Hakim qui m'a proposé. Mate, il est là.

Je l'aperçois derrière moi, qui nous regarde avec son air de fureteur. Je n'ai pas envie qu'il soit là. Je sais que c'est un pote d'Arthur.

On n'en a jamais parlé. Je n'en parle jamais. Quand je pense à lui, j'ai juste envie d'enfoncer ma tête dans un coussin très mou pour hurler.

– OK.

– Il est dégoûté de ne pas pouvoir ramer parce qu'il a une ampoule immonde qui s'est infectée sur le côté de la main. Je l'ai accompagné par charité, mais, en vrai, c'est bien que tu sois là, car j'ai besoin de ton aide pour quelque chose.

– Pour quoi ?

– Ma soirée du Nouvel An, elle me répond.

Ça, c'est de la bonne nouvelle. Du concentré, de l'essence de bonne nouvelle.

– Tes parents ont dit oui ?

– Yes.

– À quelles conditions ?

– Pas d'alcool.

– Impossible, non ?

– Impossible, mais je vais limiter à une bouteille d'alcool pour deux. Et j'ai besoin de toi pour écrire l'invitation.

On teste toutes les combinaisons de phrases pour l'invit. Finalement, on arrive à ça :

Salut, bande de virus,
Pour finir l'année en beauté, on va oublier les masques et les cohortes et on va tou·te·s se déguiser.
En ce qu'on aime !
Une personne, une bestiole, un truc, ou un bidule dans lequel on se sent bien.
Amenez à manger et à boire (des softs).
Pour l'alcool, des instructions vous seront envoyées avec mon adresse deux heures avant la soirée.
Nada

– Parfait, non ? demande Nada en tapant des mains.

– Parfait, je dis.

Hakim se dirige vers nous. De le voir, j'ai mal au ventre.

– Ça va, la Tchatche ? T'es venue voir ton mari prendre sa rouste ? Sans moi à l'avant, c'est chaud pour l'Estaque.

Au moment où il dit ça, le bateau de l'Estaque passe la ligne d'arrivée. Les pépés se lèvent de leurs chaises et braillent : « Bravo les jeunes ! »

– Et bam ! je crie.

– Son mari, c'est un vrai, donc boucle-la, espèce de jaloux, dit Nada en se marrant.

– Un vrai quoi ? demande Hakim.

Il a le regard concentré et accroché à moi. Il a le regard du soir où il m'a draguée. Hyper sérieux, un peu comme si c'était lui qui décidait de tout. Qu'il vous forçait à répondre à ses questions. À être avec lui. Dans son camp à lui.

– Un gars sûr, je réponds.

Son visage se couvre de colère.

– Parce que je suis quoi, moi ?

J'ai lu un truc sur Instagram. Un post d'une fille qui s'appelle *lameuftropstylée* sur le harcèlement. Elle expliquait qu'insister même un peu, c'était forcer.

(Je ne sais pas si je suis d'accord mais je vois ce qu'elle veut dire.)

Ce que je sais, c'est qu'avec moi, Hakim a été un insisteur. Pas un forceur.

Cornit dit que la langue doit vivre avec son temps.

Alors le mot, c'est insisteur.

I
N
S
I
S
T
E
U
R

Mais je ne dis rien. Pour Nada, et aussi parce que je ne veux pas être au cœur d'une embrouille.

– Toi, t'es un gros relou, répond Nada. Tu nous empêches de suivre la course.

*

* *

J'attends Arthur à côté du bâtiment où il se change. Il arrive le premier avec son sac étanche, les joues rouges et les cheveux hirsutes.

– T'as aimé ? il me demande en baissant la tête.

– Oui, j'ai adoré. Mais la prochaine fois je prendrai une chaise Quechua et des jumelles et j'arriverai encore plus tôt pour être devant. Mais j'ai aimé. C'était drôle de te voir si loin. Un peu...

– Hors d'atteinte ? il me dit.

– Comment tu sais ?

– Parce que, parfois, avec toi, je ressens la même chose.

– N'importe quoi. Je suis là. Tu parles pour ne rien dire, Celentano.

Il baisse les yeux.

– Ça me rappelle mon père, ces mots-là.

– Putain, pardon, je suis désolée. Je peux me rattraper ?

– Ouais.

– Comment ?

– Je veux aller au cinéma.

– Quand ?

– Maintenant.

– OK, je réponds. Je t'invite.

Dans la poche de mon jean, je touche trois billets de dix euros. J'ai pioché dans les pourboires avant de partir.

Je pense, enfin, j'espère que ça suffit pour un ciné.

CHAPITRE 25

I had a dream.
I got everything I wanted,
Not what you'd think.
And if I'm being honest,
It might've been a nightmare.
Billie Eilish, *Everything I Wanted*

Louisa – 10 décembre

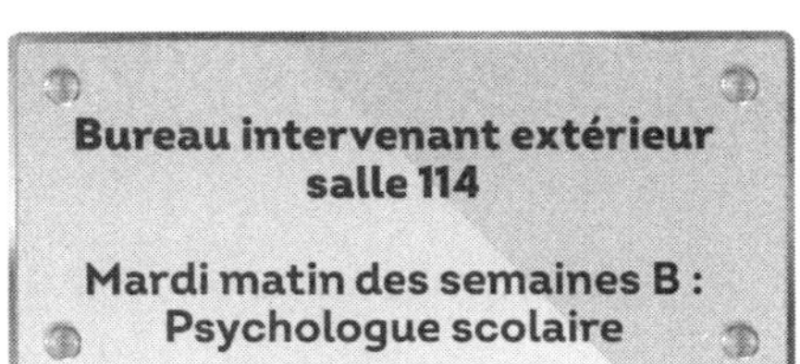

Le bureau est dans le chaos. Deux cannettes de Coca même pas 0, un papier de boulangerie tout froissé – avec des miettes partout –, un portable avec une coque de l'équipe de France. Derrière le bureau en chaos, une femme décoiffée, ni vieille, ni jeune. L'âge de ma mère maximum. Elle a dans les mains une pochette en carton avec mon nom et mon prénom écrits au feutre indélébile.

Louisa Renier.

J'ai mis un pull qui n'est pas un sweat, des chaussures non-baskets qui appartiennent à ma mère et j'ai attaché mes cheveux. Je ne sais pas pourquoi. Je ne sais pas s'il faut cacher le chelou ou tout avouer pour avoir un bon diagnostic.

Le mieux, c'est de ne pas trop en dire. Quand on parle, après, on ne peut plus revenir en arrière.

– Salut, Louisa. Je m'appelle Alice. Je suis psychologue scolaire et l'infirmière m'a demandé de prendre une heure avec toi.

– Oui, je sais.

– Elle veut vérifier que tout va bien pour toi.

– OK.

– Donc je vais te poser des questions et j'ai besoin que tu sois honnête.

– OK.

– Et, si tu ne te sens pas prête à dire la vérité, alors dis que tu ne souhaites pas répondre. C'est bon ?

– Oui.

Elle se lève et éteint la lumière.

– On ne voit plus rien là, non ? elle demande.

– Non, plus trop.

– Parce que je déteste ce gros néon. On se croirait dans un commissariat. Tu préfères allumé ou éteint ?

(Je préfère éteint.)

– Aucune idée. Tout me va.

– Éteint, alors. Je commence et tu m'arrêtes si tu as des difficultés à me suivre. Ou si un mot ne te semble pas clair. On a une heure devant nous, c'est très peu pour poser un diagnostic, c'est-à-dire un petit résumé de comment tu vas et de ce dont tu pourrais avoir besoin. Je vais te poser plein de questions, et ensuite on va creuser et tu vas me raconter ce qui se passe quand tu viens à l'infirmerie pour tes crises.

Elle ouvre le dossier.

– Il y a des personnes dans ta famille qui sont malades ?

– Non.

Elle coche une case.

– Je veux dire maladies psy, dépressions, schizophrénie… ?

– Je suis censée le savoir ?

– Malades au point d'être internés, hospitalisés ?

– Non. Mais je ne connais pas mon père. Je sais qu'il était mi-algérien, mi-belge et qu'il est mort dans un accident de voiture.

– Ça pourrait être un suicide ? demande-t-elle.

– Pourquoi, y a beaucoup de gens qui se suicident comme ça ?

– Non, je ne pense pas. Et ta mère ?

– Ma mère, elle a la pêche. Et mes grands-parents aussi.

– OK. As-tu subi des violences ?

– Non.

– Sexuelles ? Attouchements, viols ?

– Non.

Coche. Coche. Coche.

– Sûre ?

– Oui.

– Des avortements ?

– Non.

– Sûre ?

– Oui.

– Est-ce que tu te drogues ?

– Un joint de CBD, l'été.

Putain, quelle débile, c'est sorti tout seul.

– L'été ?

– L'été, à la plage. Vous ne le répétez pas.

– Je suis tenue à la confidentialité. Au secret.

Coche. Comment ça peut être secret si elle coche des trucs sur un papier dans une pochette avec mon nom ?

– Pas d'alcool ?

– Non.

– Jamais ?

– Jamais.

– Est-ce que tu t'es déjà fait du mal ?

– Genre ?

– Genre automutilation, coupure sur les poignets. Des choses qu'on se fait volontairement ?

– Nan.

– As-tu des bouffées de violence envers les autres ?

Envers Dina, souvent. Envers les autres, parfois.

– Non.

– Envers toi ?

Je ne réponds pas. Je ne comprends pas la question.

– Des troubles alimentaires ?

– Non.

(Je ne lui dis pas pour le Liptonic que je m'envoie non-stop.)

– Est-ce que tu entends des voix ?

– Bah oui.

– Raconte-moi.

– Je vous entends, là.

– Des voix de personnes pas présentes dans la pièce.

– Oui, la télé.

– Non, mais des voix… inventées.

– Je ne capte pas la question.

– Alors tout va bien. Des émotions très intenses ?

(Oui.)

– Je ne souhaite pas répondre.

– As-tu déjà eu des pensées morbides ?

– C'est quoi « morbides » ?

– Envie de mourir.

Elle pose son stylo, pousse sa feuille, me regarde.

– Non.

– Jamais ?

– Non.

– Louisa, tu peux me parler.

Elle me saoule. Je ne peux pas la laisser demander des trucs pareils.

– C'est bizarre comme question. Et vous, vous avez déjà eu envie de mourir ?

– On n'est pas là pour moi.

Je croise les bras, je cache mes seins, je les écrase pour calmer mon cœur tambour. Je déteste les embrouilles, c'est pour ça que je préfère rester toute seule. Elle soupire :

– Mourir, non. Ne plus vivre, oui. Momentanément, il m'arrive de me dire que je voudrais ne pas vivre ce que je vis.

– Pareil, je réponds. Mais arrêtez de noter dans le dossier.

– OK. Et ça arrive quand ? elle me demande en posant son stylo.

– Quand on me stresse. Ou quand je pense à l'avenir.

– Du monde ?

– Au mien, déjà. Le monde, on ne peut pas savoir.

– Ton avenir non plus.

– Si, quand même.

– Explique-moi.

– Eh bien, déjà, je dois passer en générale.

– Pourquoi ?

– Pour avoir le choix de mon métier et pas finir en parfumerie.

– C'est une nouvelle expression de jeune, ça : « finir en parfumerie » ?

– Nan, c'est le boulot de ma mère. Et, si je ne passe pas en première générale, je finirai là-bas.

– Et c'est honteux ?

– Non, mais j'aime pas spécialement les parfums ou les trucs esthétiques.

– Et donc tu vis un stress lié au lycée ?

– Oui.

– Et tu as un petit-ami ?

– Oui.

– Et ça va ?

– Oui.

– Tu es sûre ?

– Oui, pourquoi ?

– C'est un petit oui.

– C'est quoi, un petit oui ?

– Un oui-non, elle me dit.

Je m'arrête de parler. C'est la première fois que je parle d'Arthur à quelqu'une.

– Louisa, dans la vie, ce n'est pas fréquent d'avoir une heure avec une psychologue gratuitement.

– Qu'est-ce que vous allez faire pour moi ?

– Rien, mais on peut parler.

– Ça va servir à quoi de parler ?

– À te rassurer.

– Impossible.

– Essaie.

Elle m'énerve, à provoquer le chelou. C'est comme emmerder un chien qui dort, ça se retourne contre vous.

– OK, mais ne notez pas ça.

– Oui.

– Je suis amoureuse de lui et lui il m'aime. Je le sais. Il ne mate pas les autres gadjis. Il répond à mes messages. Il propose de me voir. Il ne me force à rien.

– Encore heureux... ! Pardon, continue, dit la psy.

– Mais j'ai peur de décéder s'il s'en va. J'ai peur de m'habituer à lui et qu'il s'en aille et que je meure. Là, par exemple, il part en Italie à Noël, je n'aime pas cette idée. Je me dis qu'il peut arrêter de m'aimer d'un coup.

– Et si toi, tu ne l'aimes plus ?

– Impossible. C'est Arthur Celentano. Il est parfait.

– Tu sais, même Brad Pitt s'est fait larguer.

– Oui.

Je me suis demandé ce que Nada en penserait.

– OK, donc je fais quoi si Arthur me plante ?

– Tu trouveras. Tu guériras. Et tu seras toujours vivante mais blessée. Et puis tu trouveras de quoi te réparer. À l'intérieur de toi.

– Non.

– Tu seras toujours Louisa qui se tient en face de moi avec sa moyenne à 12,7. Tes notes sont bonnes.

Ma moyenne est encore au top mais elle a baissé. Le prof de maths ne m'a toujours pas prise en pitié.

– Je peux faire le résumé de ce qu'on vient de se dire ? elle demande.

– Oui.

– Tu manques de confiance en toi et donc tu doutes des autres. Tu as des troubles anxieux qui te paralysent car tu anticipes des catastrophes.

– Je n'ai jamais dit ça.

Elle se marre.

– C'est un diagnostic. C'est mon avis de professionnelle sur ce que tu as dit. Je le traduis en langage de psy, quoi.

– OK.

– Je reprends. À première vue, tu n'es pas dépressive chronique, bipolaire, borderline ou en danger immédiat. Mais il faut prendre en compte ce souci d'anxiété. Tu es anxieuse. Il faut te renforcer, améliorer ton image de toi-même. Car des emmerdes, tu en auras. Avec les mecs, avec le lycée ou ta santé, tu en auras.

Rien que de l'entendre dire ça, ça me serre le bide.

– OK, super, bonne ambiance.

– Tu sais quoi ? On met une vie à trouver sa place, à être bien avec soi-même.

(Je ne sais pas si je suis d'accord et je pense qu'elle n'en sait rien.)

(J'ai envie de lui poser la question des âmes toutes neuves mais j'ai pas confiance.)

– Mais je peux te proposer quelque chose ?

– Ouais.

– Venir me voir toutes les semaines à mon cabinet.

– Je n'ai pas de sous.

– On peut s'arranger.

– Ça veut dire quoi ?

– Ça veut dire que tu peux venir pour, disons... 15 euros la séance.

Dix séances d'une heure, ça fait 150 euros, soit juste une partie de mes pourboires.

Pourquoi pas.

CHAPITRE 26

J'ai trop jobé, je veux faire la fête,
J'ai trop de projets dans la tête,
Et moi, j'dis merci la zone.
Jul & Rhove, *Grazie la zone – Merci la zone*

Arthur – 31 décembre

Joe n'a pas voulu que Louisa travaille pour ce dernier après-midi de l'année. Je viens la chercher au camion. Maintenant qu'on habite près de la place de l'Église, je suis plus proche de Galaxy Glaces. J'y suis en trois minutes.

Sur la corniche, il y a un marché de Noël avec des babioles chinoises, des odeurs de vin chaud et Maria Carey (« *All I want for Christmas is youuuuu* ») en fond sonore. Mais ce n'est pas glauque car, au milieu de tout ça, apparaît Louisa. Joe porte un chapeau de père Noël qui clignote mais pas elle. Je suis sûr qu'il n'a pas osé lui proposer de porter un truc aussi ridicule. Elle l'aurait envoyé promener.

– *My love!* je crie en la voyant.

Louisa n'est pas du genre démonstratif mais elle sourit discrètement. C'est Joe qui parle le premier :

– Bonjour, monsieur. Merci de ne pas venir distraire mon personnel.

Je lui serre la main. Ça y est, je connais tout le monde dans la vie de Louisa, même Dina, la terreur des bacs à sable.

– Ça va, Joe ?

– Impec, mon pote. Je t'offre à boire ?

Il est midi, on sort ce soir pour une première soirée officielle tous les deux. Ça me semble un peu tôt pour le vin chaud.

– Allez, dit Louisa, on trinque à mon dernier jour. Et à ton départ en Nouvelle-Calédonie, Joe.

Joe nous sert trois verres. Je prends le gobelet et on trinque.

– À la fin, je dis.

– La fin de quoi ? s'offusque Louisa en retirant son tablier.

– De l'année, je dis.

– Du service, dit Joe. De l'hiver pour moi. 27 degrés à Nouméa, mes petits potes.

– La fin de décembre, complète-t-elle.

– Allez, filez, les amoureux. Il paraît que c'est soirée déguisée ce soir. Tu te déguises en quoi, Arthur ?

– C'est Louisa qui décide.

– Je vais le déguiser en beau mec !

– Ben, y a du boulot, filez.

*

* *

– Ça te va si on trace chez Nada après manger ? me demande Louisa alors qu'on quitte la corniche.

– Yes. Pâtes à la tomate ?

– Oui. Tu ne veux pas qu'on aille chez toi pour une fois ? me demande Louisa.

– Non, une prochaine, ma mère reçoit Francine Robert pour le déjeuner.

– Marrant, elle est passée tout à l'heure au camion, Francine. Elle m'a demandé des nouvelles de ta mère.

– Ah… Tu sais, les Robert, ils sont bizarres. C'est quand même la femme qui a élevé Fred le ouf.

– Pas faux. Une autre fois ? Ça me ferait plaisir de voir ta mère.

– Oui, l'année prochaine, c'est tout proche. On mangera des bonbons pour la Befana. Une tradition italienne.

Je suis un sale con quand je mens. Ma mère est toute seule chez nous, mais je ne veux pas y aller. À vrai dire, j'y passe le moins de temps possible. J'y suis beaucoup moins qu'à la villa. Aussi peu que chez les Robert. Comme si ce n'était pas vraiment chez moi, même si j'ai une chambre à moi, un bureau, un lit confortable, une armoire. Je ne m'y sens pas mieux, pas pire qu'à la villa.

Je me suis habitué aux bruits de scooter, aux bruits de pas des voisins, aux aboiements du chien en dessous. Ma mère, elle, kiffe. Elle sifflote, elle met des tableaux au mur.

On n'a pas de vue, enfin si, on voit l'immeuble d'en face qui est gris d'humidité, avec des grosses coulées noires. Le problème, ce n'est pas que c'est moche, c'est que je n'aime pas cet endroit.

– Tu sens le beignet et la cannelle, je dis à Louisa en lui plantant un bisou dans le cou, juste sous l'oreille.

– Marché de Noël, bébé. Il n'y a personne à la maison, mais on mange vite parce que Nada nous attend pour la déco.

Ce soir, chez Nada, on a un code en cas de souci. C'est la psy de Louisa qui lui a appris. Apparemment, quand on est sujet ou sujette à l'angoisse, les périodes des fêtes sont redoutables car les interactions sociales et familiales sont assez obligatoires. Et donc on est forcé à passer du temps avec plein de gens qu'on n'a pas nécessairement envie de voir.

L'astuce de la psy, c'est de partir avant la crise, et pour ça il faut apprendre à reconnaître les signes de la crise. Ça, seule Louisa peut le savoir. Moi, je suis, genre, le réceptacle du truc.

Bref, le signal si ça ne va pas pour Louisa, c'est qu'elle me gratte l'intérieur de la paume gauche, deux fois. Et alors on doit se tirer.

On avale un gros plat de pâtes avec de la sauce Panzani en tube et du gruyère qu'on met trop tard pour qu'il fonde. On parle en bribes aujourd'hui. Je crois qu'on peut dire ça.

De musique : Jul a sorti un morceau avec un rappeur italien. On parle de chez mes grands-parents et du repas de Noël : elle se demande comment on peut manger des pâtes en entrée, des gnocchis en plat principal et des gâteaux secs en dessert sans devenir obèses. Je lui dis que quand elle viendra en Italie, cet été, ou plus tard quand on sera mariés, on ira se promener dans les Cinq Terres.

– Café ? elle me demande.

– Ouaip.

C'est du soluble, mais je me suis habitué. Elle épluche une clémentine, qu'elle me tend. Je sais exactement ce qu'elle va me demander :

– Meilleurs moments du *Drag Contest* ?

J'adore regarder les best-of du *Drag Contest* avec elle. Sentir son souffle chaud de clémentine, l'entendre rire, s'émerveiller et ne jamais juger les mots, les scènes de *drama queen* des candidates.

Elle m'embrasse, se lève pour laver les assiettes.

– Je peux t'aider à ranger ?

– Nan.

– Je peux faire quoi ?

– Me parler de ce qui te vient. J'ai envie d'écouter, pas de parler.

– T'as trouvé mon déguisement pour ce soir ?

– Oui, répond-elle en souriant. Avec Nada.

– Vous faites ça bien, hein ?

– Tu connais Nada, tu crois qu'elle blaguerait là-dessus ? La meuf est sérieuse comme...

– La justice ? je dis.

– C'est sérieux, la justice ?

– Bof. Un gendarme ?

– C'est sérieux, un gendarme ? elle demande.

Louisa, c'est le genre de meuf qui ne lâche rien. Et c'est bien, car être avec elle, c'est oublier tout le reste. C'est être englouti dans le présent.

– Je ne sais pas. Qu'est-ce qui est sérieux alors, Louisa ?

– Une drag qui se maquille.

Et elle a raison. Personne n'est plus déterminé qu'une drag qui se paillette le visage.

– Je reconnais ton style direct et littéraire, Louisa Renier, je lui dis.

Elle se marre et m'enlace, me pousse sur le canapé. Elle se met à califourchon sur moi et me caresse le dos, m'embrasse dans le cou. Je laisse faire, je lui caresse le dos. Ses seins, je n'ose pas.

– C'est bien beau, tout ça, mais on y va ? je nous coupe.

Je ne veux pas qu'elle se sente obligée à quoi que ce soit avec moi. Moi je suis prêt à aller plus loin, j'en meurs d'envie, mais je veux qu'elle aussi. À 100 %.

*

* *

Chez Nada, on a accroché les huit guirlandes en papier achetées chez Hema. J'ai préparé des sauces pour tremper des concombres et des carottes que j'ai bâtonnés moi-même. Les crudités iront avec des pizzas surgelées et les chips et boissons que les autres amèneront.

J'ai passé l'aspirateur, écrit *Bonne année bande de frérot·e·s* sur les vitres du salon avec des crayons Posca violet et blanc. Ensuite, j'ai disposé les tables pour le buffet, poussé les chaises, réfléchi à la disposition du canapé. J'ai fait chez elle tout ce que je ne fais pas dans ma chambre : rendre un endroit joli pour s'y sentir bien.

Nada m'a dit que, pour un riche, j'étais dégourdi. J'ai dit que je n'étais plus vraiment riche et elle a répondu que, quelque part, je le serais toujours. Je me suis senti débile parce que mon père m'a viré 2000 euros pour Noël et que pour le moment je ne les lui ai pas renvoyés. Depuis le virement, je repense sans cesse à sa phrase : « Moi, j'ai eu le courage de partir. » Il faut que je renvoie cet argent.

À Noël, Nonno et Nonna m'ont dit qu'ils paieraient mes études, qu'ils ont des sous. Même une école chère, que ce ne sera pas un problème. J'ai dit que je me débrouillerais, mais comment payer les inscriptions à la Bocconi ?

– T'es prêt, Celentano ? me demande Nada.

– Prêt à quoi ?

– À être déguisé.

– Comme jamais, Benjaoui.

– On a choisi quelque chose de sobre. On va te maquiller et t'habiller avec une robe longue noire, dit Louisa.

– Me transformer en drag d'enterrement, quoi.

– Oui. Ça te va ?

– Merci de me demander mon avis, ça me touche, je réponds.

– Le consentement, ça vaut pour tout le monde, même les hommes riches, me dit Nada.

Cette fois, je ne dis rien. Je suis un homme riche. Être riche, ça veut dire pouvoir trouver de l'argent, point barre.

– Ma réponse est oui. Mais tu fais ça bien.

– Très drôle. Je suis la meilleure maquilleuse du 16e, peut-être même de toute la région.

Le 16e, c'est notre arrondissement, le tout dernier de Marseille.

Elle commence par m'appliquer de la crème hydratante. Elle a des doigts fermes mais doux. Personne ne m'a jamais massé le visage et je reconnais que c'est super agréable. Ensuite elle applique une substance blanche avec une éponge un peu moelleuse. Elle insiste sur les sourcils.

– Tes sourcils, Arthur, ils ont une forme disons bizarre, pas vraiment...

– Sincère, la coupe Louisa.

Je me sens bien comme ça avec elles.

Il y a des produits de beauté partout, une chanteuse qui a une voix d'enfant, mais dès que j'écoute les phrases sont belles. Au mur, une petite photo de la mer marocaine avec toute la famille de Nada qui se serre pour que ça tienne dans le cadre.

Mais aussi des tas de bouquins féministes et antiracistes empilés sur un coffre à jouets *Dora l'exploratrice*.

On voit qu'elle a grandi là, que c'est chez elle pour toujours.

Je voudrais rester là, à me faire transformer. J'envie leur amitié, ce monde qu'elles partagent depuis qu'elles ont douze ans. Elles se connaissent par cœur, s'aiment comme des sœurs. Moi, Pao, c'est ma sœur de sang, mais à part trois jours à Noël, trois jours à Pâques, elle n'est jamais là. J'ai des potes mais je n'ose pas leur parler de tout ça.

Elles deux, c'est solide comme du granit.

Nada me dessine des sourcils au crayon.

– Je veux des sourcils arqués, pas trop droits, ni qui montent vers le front, je dis.

– Très bien.

Ensuite, elle me recouvre de fond de teint, puis de mille poudres.

– Maintenant, ne bouge pas, frérot, je passe à l'eyeliner. Et on finira par les lèvres.

Le résultat est parfait. J'ai la peau entièrement dorée, les yeux super effilés par l'eyeliner. Je m'aime bien, maquillé comme ça. Me voir avec une autre tête me fait un bien fou.

– Et la robe ? je demande.

– Ça arrive. Mais, avant, tu nous mets un petit son ? demande Nada.

Pourquoi j'ai toujours l'impression de passer un test quand je lui parle ?

Je mets Jul et Rhove. *Grazie la zone.*

*

* *

C'est une belle fête avec beaucoup de visages inconnus de secondes et un peu d'alcool. Il y a quatre Wednesday Addams, une Reine des neiges (elle s'est trompée de décennie), une Rosalia, un Joker, un Leo Messi (Fred le ouf, le mec le plus original de la Terre). Pour le reste, je ne suis pas très sûr. Je n'ose pas trop boire pour ne pas flinguer mon rouge à lèvres.

On danse un peu, je suis câblé sur Louisa, déguisée en Pikachu. Elle a choisi un costume qui cache sa poitrine et qui détourne l'attention de cette partie de son corps. En fait, c'est une grenouillère hyper épaisse avec des chaussons Pikachu. Sur son visage, elle s'est contentée d'un peu de noir sur le bout du nez et de deux gommettes roses sur les joues. On danse à deux. On est maladroits, on se tient les mains, on se serre l'un contre l'autre. Je sens des regards sur nous, comme sur une nouveauté, un truc qu'on savait mais qu'on voit pour la première fois. Un couple.

Nada sourit et je crois que ça va pour elle. Elle a ses abonnés, ses idées de vidéos, ses projets de devenir psy. Elle demande à tout le monde comment ça va. Elle parle moins ce soir, elle écoute. Elle est toute calme.

Hakim arrive vers 22 heures, un verre d'alcool qui sent bon à la main. Il porte une chemise blanche et un pantalon lâche, noir. Il a la classe. Ça va me faire quelqu'un à qui parler.

Il se plante devant moi et Louisa, qui baisse la tête.

– Salut, mon pote, t'es déguisé en quoi ? je demande.

Il ne répond pas, cherche une réplique drôle, titube un peu.

– Bois un verre d'eau, espèce de chameau, je lui dis.

– Nan, mais c'est bon, ça va. T'es bonne, toi, en fille. Ça change. C'est marrant que tu ne reconnaisses pas mon déguisement, Arthur ?

– Pourquoi ?

– Je me suis déguisé en… toi. En beau gosse.

Il ricane un peu et j'hésite à faire la même chose, parce que je ne l'ai jamais vu comme ça, aussi tendu, aussi peu… charmeur. Cette version-là de ce mec, ce n'est pas le joli-cœur qu'adore ma mère.

– C'est super réussi, mon frère. T'es beau comme un camion.

– Et toi, la Tchatche, t'es une super Pikachu. Mais, Celentano, pourquoi tu nous as jamais dit en face que tu sortais avec la Tchatche ? Heureusement que je mate ton compte Insta. T'avais honte ou quoi ? demande Hakim avec une sale lueur dans les yeux.

Visage froissé, un truc vicieux dans le regard, il me fixe de ses deux billes noires.

– Ça va pas ? Pourquoi tu réagis comme ça ? je m'énerve.

– Parce qu'elle ne t'a pas dit pour nous deux, Celentano ?

Louisa gratte ma paume gauche deux fois. Puis me tire la manche. Je dois être en plein cauchemar. Louisa et Hakim ?

– Non, elle ne m'a rien dit. Éclaire ma lanterne.

– Avec Louisa la Tchatche, on s'est vus cet été, ici, à la plage. C'était très cool, *chill*, tu vois, sans chichis, et ça s'est passé.

– Passé quoi ? je demande.

– Hakim, ferme ta gueule. Je me casse, vous êtes beaucoup trop cons tous les deux, dit Louisa. Et, Arthur, viens avec moi. Je vais te raconter.

J'entends sans comprendre ce qu'elle me dit. Tout bas, juste pour moi, juste pour me faire chier moi et pas passer pour un salaud auprès des autres, Hakim me glisse à l'oreille :

– Ta gadji, je l'ai touchée partout où je voulais.

D'un coup, il n'y a que du flou autour de moi. Mais Hakim et sa gueule de traître, je les vois très nettement. J'ai envie de lui éclater la tête, de lui asséner des coups de poing jusqu'à ce que son sourire disparaisse.

Je le pousse et, comme il ne s'y attend pas, il recule de trois mètres. Comme on n'est pas dans un film, mais dans ma putain de vraie vie qui ne ressemble plus à rien, il ne tombe pas sur le buffet.

Et puis, je m'arrête parce que je me sens con. Nan, en fait, je suis triste, et c'est pire.

Je ne suis pas mon père et je ne veux pas voir le sang d'Hakim couler ou squatter son œil. Je veux juste qu'il reste à distance.

Nada arrive en panique :

– Ça va, les gars ? Vous déconnez, on est d'accord ?

– Ouais, dit Hakim. On se racontait des petites histoires du temps jadis. Et puis Arthur a voulu me montrer ses talents sportifs.

– Tant mieux, parce que je viens de voir Pikachu passer. Un Pikachu paniqué. Et j'aime pas ça, moi, vous voyez. Mais alors pas du tout.

CHAPITRE 27

On va se déchirer comme un gang.
Ça sera jamais comme avant.
La vie c'est dur, trop d'poids sur les épaules,
Moi, j'l'assume comme un grand.
Winnterzuko, *Trotski*

Louisa – 31 décembre, 22 heures

Arthur ressemble à quelqu'un d'autre. Son visage est lisse, doré avec des reflets presque violets. Il est beau. Je déteste sa colère, cette grosse veine qui gonfle le long du cou quand il me parle. Je suis dans la chambre de Nada. Là où, d'habitude, il n'y a pas d'embrouille. Là où on parle, on rigole, et, au pire du pire, je me fais limer les ongles.

– Avec Hakim, on s'est embrassés deux fois le même soir, il m'a touché la...

Je respire en baissant les yeux et le petit rond noir dessiné sur mon nez me fait loucher. Je m'en veux de baisser la tête comme si c'était un problème d'avoir des seins. D'être jolie. De faire envie. Et d'avoir fait un truc un soir avec un gars débile.

Alice la psychologue serait fâchée. Alice veut que j'écoute mon instinct et que je dise : « Non. » Quand ça va trop loin. Quand je sais que j'ai raison. Elle dit que, sinon, ma vie sera une grande angoisse.

– Il m'a touché… euh… la poitrine dix secondes, et je lui ai demandé d'arrêter. J'étais mal. Je n'y pense jamais car, quand j'y pense, ça me fait le même effet que le jour où j'ai perdu mon portefeuille avec les cinquante balles que m'avait données ma grand-mère quand j'avais neuf ans. Ça me rend malade, et triste, et je ne comprends pas comment ça a pu arriver. J'ai su après que ça me dégoûtait. Avant, je ne pouvais pas savoir. C'est une sale expérience. Et si tu me juges, eh bien, t'es qu'un sale con, toi aussi.

– Je ne te juge pas. Je m'en fous. T'aurais couché avec lui ou avec deux-cents mecs, je m'en foutrais totalement aussi. Je t'aime. Mais t'aurais dû me le dire. Ce mec, c'est mon pote. Mais c'est aussi un vrai crevard.

– C'est ou bien c'était ton pote ?

Je ne dis pas que c'est Hakim qui l'a traité de crevard le premier cet été. Je ne dis pas ça parce que je veux qu'on parte d'ici. Qu'on mette des dizaines de mètres entre lui et nous pour qu'il redevienne tout petit.

– On s'en fout, dit Arthur. J'ai quelque chose à te dire, Louisa. Quelque chose d'important.

J'ai le cœur qui bat tellement fort que je respire par à-coups.

– Tu veux qu'on se sépare ? je demande.

– Jamais. Mais j'ai reçu un mail avant le début de la soirée.

– De ta mère ?

– Nan.

– Ton père ?

– Nan.

Je devrais faire des vannes (du pape, de Robert Redford, de Cornit, de Joe, de Dina, du roi d'Angleterre, de sa majesté le J[1]) mais je ne trouve pas la force de parler.

Ce n'est pas le chelou, c'est de la peur pur sucre. « Ce qui doit arriver va arriver. » PNL résonne dans ma tête. Je sais depuis toujours que c'est vrai. Que ce qui doit arriver va arriver. C'est pour ça que j'ai peur tout le temps. Parce que l'inconnu, c'est mystérieux, sombre.

– Bon, vas-y, putain.

– En Italie, j'ai rencontré une meuf qui travaille dans une association à Lampedusa. Une île entre Malte et la Tunisie. Elle m'a dit qu'elle cherchait un jeune qui parle italien et anglais pour l'aider six mois dans l'accueil des migrants qui échouent sur l'île.

– Cool pour elle, je marmonne.

– Je lui ai dit que ça m'intéressait. J'ai envoyé un CV avec rien dessus, ma photo, mes hobbies, les langues, trois notes et un faux stage dans la boîte de mon père. Et puis une lettre de motivation, un truc court. Ma sœur m'a aidé.

1. Le J = surnom de Jul.

Je n'ai jamais vu sa sœur mais je ne l'ai jamais aimée. Elle a l'air de toujours tout savoir et Arthur parle d'elle dans une phrase sur eux.

(Ça me fatigue, les gens qui sont fans d'autres gens.)

– La meuf a transmis à ses collègues et je suis pris. Pour six mois, à Lampedusa. Loin d'ici. Je serai payé cinq-cents euros, et dédommagé de mes frais, donc je pourrai mettre des sous de côté. Et après je reviendrai fin juin. Et je retournerai vivre avec ma mère. Et je te retrouverai.

Je me sens calme. Presque rassurée. C'est arrivé. Le chelou a enfin eu ce qu'il voulait : la pire nouvelle qui pouvait me tomber dessus. Maintenant, il ne sait plus quoi dire.

– Pourquoi tu ne m'as rien dit ?

– En fait, j'ai mis du temps à me rendre compte qu'en ce moment, dès que tu n'es pas là, je suis triste. Pas malheureux. Juste vide. Rien ne me fait plaisir à part te voir. Avant, je pensais juste à avoir des bonnes notes et à gagner mes courses.

– T'as toujours 20/20 et tu gagnes toutes tes courses, je dis.

– Oui mais je te vois toi te battre pour tes cours, te motiver pour tes gaufres, te battre contre tes angoisses et moi, je n'ai rien à part toi. Rien qui me plaise vraiment.

– OK.

– Je crois qu'il faut aussi que je laisse ma mère toute seule un peu. Elle en a besoin. Ça fait vingt ans qu'elle s'occupe de nous.

– OK.

– Tu pourras venir me voir quand tu voudras. J'ai lu le règlement, on peut inviter des proches.

Je soupire, je n'ai même pas envie de pleurer.

Je me sens vide. Ça y est, c'est arrivé. Arthur part. Et ça y est, je n'ai plus à avoir peur de le perdre.

CHAPITRE 28

Une fleur, une femme
Dans ton cœur Roméo.
Vidéoclub, *Amour plastique*

Arthur et Louisa – 31 décembre/1er janvier

Ils sont partis de la soirée ensemble
Louisa a écrit à Nada : c'est une belle soirée et je pars avec Arthur
Elle a pensé à ce qu'Alice aurait conseillé ou à ce que Nada aurait conseillé
(ne pas s'en vouloir de partir)
(faire ce qu'on a envie de faire)

Tous les deux, ils sont allés vers chez Arthur
sans se parler
En se serrant fort la main

Le vent s'est levé sur la nouvelle année

Le vent criait et même s'ils avaient eu envie de parler, on ne s'entendait pas dans le mistral

Sans se consulter, ils se sont dirigés vers la villa Celentano-Lerip, toujours en attente de jugement

Vide depuis le drame

Cette fois, Arthur avait la clé du cadenas du cabanon sur lui

Une intuition lui a fait prendre l'intégralité du trousseau avant de partir retrouver Louisa ce matin

Dans le garage, Arthur a pris un petit chauffage à huile, des couvertures, des duvets

Ils sont allés dans le cabanon

Et se sont couchés tous les deux

Sans aucune musique

Sans parole, sans *beats*, sans personne

Ils n'ont pas parlé

Ils se sont serrés

Et lentement, ils se sont débarrassés de la balise qui flottait entre eux depuis leurs débuts

la balise qui les unit et les sépare depuis cet automne

Leurs deux corps ont flotté

C'était léger

Et doux

Presque tout le temps.

Au matin, Louisa est partie

Elle avait des paillettes sur le corps, entre les jambes, sur les seins, sur le visage. Toute la journée, elle tardera à prendre sa douche, à effacer l'odeur de cette nuit-là.

La première nuit de l'année.

La dernière avant longtemps.

Quand il s'est réveillé sans elle, Arthur a pleuré. Des larmes fines comme à son habitude, nombreuses et brûlantes.

Il savait qu'elle serait partie au matin, il a lutté contre le sommeil pour rester auprès d'elle, mais il a dû s'endormir, puisqu'il s'est réveillé.

Il a essuyé une larme qui coulait avec le bout de son index. L'ongle était noir et brillant comme son visage. Il a souri.

Parce que la vie fera son travail.

Mais à l'heure où l'on parle, où l'on pense à eux, ils sont presque joyeux.

Ils sont très vivants grâce à leur amour.

C'est un amour qui n'empêche pas de bouger, ni de vivre.

C'est très rare un tel amour, qui comme un tatouage ne mourra pas.

Leur amour est une vieille âme.

Cet ouvrage a été mis en pages
par DV Arts Graphiques à Saint-Nazaire

Impression réalisée par
GRAFICA VENETA
en juin 2023
pour le compte des Éditions Bayard

Imprimé en Italie